Ernst Bernhard Joseph Theodor Schwitzky

Das Geheimnis der Gioconda

Das Tagebuch des Diebes

Ernst Bernhard Joseph Theodor Schwitzky

Das Geheimnis der Gioconda
Das Tagebuch des Diebes

ISBN/EAN: 9783337361563

Hergestellt in Europa, USA, Kanada, Australien, Japan

Cover: Foto ©Andreas Hilbeck / pixelio.de

Weitere Bücher finden Sie auf **www.hansebooks.com**

Sammlung abenteuerlicher Geschichten Band 3:

Schwitzky / Das Geheimnis der Gioconda

Das
Geheimnis der Gioconda

Das Tagebuch des Diebes

Herausgegeben von
E r n s t B. S c h w i t z k y

Delphin-Verlag / München

Vorwort

Die Papiere, die hier veröffentlicht werden, sind auf eine so eigentümliche Weise in meinen Besitz gelangt, daß ich mich veranlaßt sehe, darüber Rechenschaft abzulegen. Ich lernte zu Anfang des vergangenen Sommers, also etwa dreiviertel Jahre nach dem Verschwinden der Gioconda aus dem Louvre, in einem Kopenhagener Hotel einen Herrn kennen, der sich mir unter dem japanisch klingenden Namen DACO-NOGI vorstellte. Dieser Herr, den ich, wie die Dinge nun einmal liegen, für den Autor des hier veröffentlichten Tagebuchs halten muß, besaß, ohne von mir irgendwie dazu aufgefordert worden zu sein, die große Liebenswürdigkeit, während meines Aufenthalts in Kopenhagen mein Fremdenführer zu sein und sich meiner in jeder erdenklichen Weise anzunehmen. Er schien ein ganz besonderes Vergnügen daran zu finden, mir die mannigfaltigen Schönheiten Kopenhagens, das er außerordentlich liebte, zu zeigen und wenn ich in der kurzen Zeit von etwa zehn Tagen, so ziemlich alles gesehen habe, was Kopenhagen Sehenswertes besitzt, so verdanke ich das lediglich meinem Führer und seiner oft erstaunlichen Ortskenntnis. Er war selbst kein Däne, sondern nach der Klangfarbe seiner Sprache zu urteilen ein Deutscher, aus den rhein-mainischen Gegenden. Aus den Gesprächen ging hervor, daß er seit Jahren auf Reisen war, China, Japan, die Vereinigten Staaten, Südamerika, Indien genau kannte und sich sowohl in den Küstenländern, wie im Innern Afrikas längere Zeit aufgehalten hatte. Niemals jedoch konnte ich erfahren, zu welchem Zweck diese Reisen unternommen worden waren, und obgleich Herr DACO-NOGI so gar nicht das Aussehen eines Globetrotters hatte, sah ich mich zuletzt doch gezwungen, anzunehmen, daß er lediglich zu seinem Vergnügen gereist war. Übrigens sprach er außerordentlich selten von sich. Dagegen fiel es mir bald auf, wie intensiv ihn das Leben anderer beschäftigte, gleichviel, ob es das eines Kohlenträgers war, von dem wir im Vorübergehen zwei oder drei Worte aufgefangen hatten, oder das eines Ministers, dessen Rede uns durch die Zeitungen bekannt wurde. Es wird von Balzac erzählt, daß er oft in der Lebhaftigkeit seiner Phantasie von den Gestalten seiner Einbildung wie von lebenden Personen sprach und seine Freunde dadurch in Erstaunen setzte, daß er ihnen von den Schicksalen der Eugenie Graudet und des Vater Goriot erzählte, als handle es sich um Menschen, die jeden Augenblick selbst eintreten und sprechen könnten. In ähnlicher Weise überraschte mich oft Herr DACO-NOGI, wenn er plötzlich ohne jeden erkennbaren Anlaß aus dem Leben von Personen erzählte, von denen er weder wußte, was sie waren, noch wie sie hießen. Wie intensiv und außerordentlich diese Beschäftigung mit dem Leben anderer war, davon überzeugte ich mich zuerst an mehreren Bemerkungen, die er im Verlauf des Gesprächs über mich und meine Verhältnisse machte. Mehrere Male überraschte er mich nämlich durch die Kenntnis von Tatsachen aus meinem Leben, von denen ich bestimmt wußte, daß ich sie ihm nicht mitgeteilt hatte. Das erstemal als er plötzlich von meiner Schwester sprach, konnte ich noch glauben, es sei Zufall und ich maß der Sache weiter keine Wichtigkeit bei. Aber noch am selben Tage gab er mir ganz unvermutet einen Rat, der die Kenntnis höchst komplizierter persönlicher und finanzieller Verhältnisse voraussetzte, deren Intimität mich vor dem Eigenverdacht bewahrte, vielleicht davon gesprochen zu haben. Zuerst stand ich vor einem Rätsel, das ich mir nicht im geringsten zu erklären vermochte und ich betrachtete meinen neuen Bekannten mit einer Mischung von Mißtrauen und leiser Furcht. Dann aber erhielt ich durch einige Beispiele, die das Leben anderer Personen betrafen, den seltsamen Beweis, daß dieser Mensch in einer geradezu ans Wunderbare grenzenden Art, die Fähigkeit besaß, aus den unbestimmtesten Redewendungen und den scheinbar unpersönlichsten Gesprächen auf

Tatsachen und Geschehnisse zurückzuschließen, die einem Menschen mit gewöhnlichem Beobachtungsvermögen, schlechthin verborgen bleiben müssen. Mit dieser ungewöhnlichen Fähigkeit erinnerte er mich an die sonderbare Gestalt des Herrn Dupin in den Poeschen Novellen, denn Herr DACO-NOGI besaß in Wirklichkeit das ans Fabelhafte grenzende Assoziationsvermögen jener erdichteten Gestalt. Nur eine ungeheure Beweglichkeit der Phantasie, die selbst die geringfügigsten Sinneseindrücke verarbeitete, kann es ihm ermöglicht haben, zu so verblüffenden Feststellungen zu kommen, wie sie ihm in meiner Gegenwart gelangen. Übrigens arbeitete dieses fast übernatürlich zu nennende Assoziationsvermögen, wie die meisten ganz großen und übernormalen Fähigkeiten im Menschen, beinahe ganz unbewußt in ihm und er war sich in den allermeisten Fällen auch gar nicht klar darüber, irgend etwas erraten zu haben, was zu erraten andern Menschen schlechthin unmöglich gewesen wäre. Nach und nach nahm ich übrigens wahr, daß es keineswegs eine einfache, übermäßig ausgebildete Assoziationsgabe war, die meinem Bekannten so seltsame Ergebnisse lieferte. Wie sollte es auch durch einfache Assoziationen möglich sein, Stimmungen, Gefühle und halbbewußte Empfindungen von Menschen zu erraten, von denen er, wie gesagt, oft nicht mehr als drei Worte gehört und die er nur ein einziges Mal gesehen hatte. Es schien mir vielmehr eine Art künstlerischen Vermögens zu sein, das er besaß und vielleicht gibt das Wort Einfühlung den allgemeinsten Begriff von dem, was ich sagen will. Er vermochte sich auch durch den aller geringfügigsten Anlaß etwa so in einen Menschen einzufühlen, wie es der Betrachter oder Zuschauer eines Kunstwerkes tut, der damit die Absichten und die Mittel des Künstlers errät. Und zwar war die Art der Einfühlung in ein fremdes Leben so stark, daß sie ihn nicht nur vollkommen beherrschte, sondern ihn auch vollkommen veränderte. Oft, während er sprach, wechselte er seine ganze Haltung und seinen Gesichtsausdruck. Wie ein anderer Mensch wohl seine Rede durch Gebärden mit den Händen oder bei lebhafteren Temperamenten auch durch ein bewegliches Mienenspiel zu veranschaulichen sucht, so zwang bei ihm der Gedanke oder das Gefühl, das er ausdrücken wollte, den ganzen Körper in Dienst und veränderte alles an ihm. Nichts aber stand sozusagen willenloser unter dieser Kraft der Einfühlung, wie seine Stimme. Sie war gleichsam diejenige Saite, die die Schwankungen seiner Empfindung am vollendetsten und differenziertesten wiedergab. Sie war nicht nur von einer schier unglaublichen Modulationsfähigkeit, die die leisesten, zartesten und härtesten Töne anklingen ließ, nein, sie vermochte geradezu ihren ganzen Charakter zu verändern und oft, wenn ich, die Wirkung dieser Stimme auf mich zu erproben, die Augen schloß, hätte ich meinen können, plötzlich mit einem ganz anderen, fremden Menschen zu reden.

Am Tage meiner Abreise von Kopenhagen kam Herr DACO-NOGI vormittags auf mein Zimmer, um sich von mir zu verabschieden. Er war im Mantel und Hut, denn er stand selbst gerade im Begriff abzureisen. Unter dem Arm trug er eine kleine Mappe aus dunkelgrünem Leder, die er bei seinem Eintritt auf dem Garderobenständer ablegte. Wir unterhielten uns vielleicht zehn Minuten; es lag mir mehrfach auf der Zunge zu fragen, wohin er reise, aber aus dem Gefühl heraus, nicht neugierig erscheinen zu wollen, unterließ ich die Frage. Einige Tage vorher hatte er übrigens davon gesprochen, demnächst nach Canada gehen zu wollen. Nach zehn Minuten erschien der Hausdiener und meldete das Automobil. Wir verabschiedeten uns kurz und herzlich. Dann, nach einer Stunde etwa, bemerkte ich, daß mein Bekannter die Mappe auf dem Garderobenständer hatte liegen lassen. Ich erkundigte mich bei dem Portier, ob Herr

DACO-NOGI eine Adresse hinterlassen habe. Es war nicht der Fall. In der Hoffnung vielleicht aus dem Inhalt der Mappe die Adresse des Fremden erfahren zu können, öffnete ich sie mit dem anhängenden Schlüssel. Was ich fand, war nur eine große Anzahl dünner, zerknitterter Blätter, die mit einer steilen kritzlichen Schrift bedeckt waren und eine Karte, die an mich gerichtet war und nur die Worte enthielt: Bitte, betrachten Sie diese Mappe und ihren Inhalt als Ihr Eigentum. — Schon auf der Fahrt von Kopenhagen nach Hamburg habe ich dieses seltsame Schriftstück, von dem ich beim flüchtigen Durchblick bald erkannte, daß es sich auf den Diebstahl der Gioconda bezog, zum erstenmal gelesen. Mein Entschluß, das Manuskript zu veröffentlichen, war sofort gefaßt. Meine Arbeit dabei ist keine andere gewesen als die einzelnen Blätter, die wirr durcheinander lagen, dem Sinne nach zu ordnen und aneinander zu reihen. Ich habe mich nicht für berechtigt gehalten, irgendwelche Zusätze oder auch nur irgendwelche Korrekturen in dem Manuskript anzubringen. Dagegen schien es mir geboten, die Eigennamen der Personen durch freigewählte zu ersetzen. Im übrigen ist das Tagebuch, wie es hier vorliegt, ein wortgetreuer Abdruck des Originals. —

Vielleicht wird es noch interessieren zu wissen, daß der Name DACO-NOGI ein Anagramm ist. Nur durch einen Zufall bin ich darauf geführt worden. Er entsteht durch Buchstabenumstellung aus dem Namen: GIOCONDA.

Im Oktober 1912

Der Herausgeber

Das Tagebuch

Den 5. August 1911. Als ich gestern auf dem Gare de l'Est den Wiener Schnellzug verließ, passierte mir etwas recht Seltsames und wenn man will, Rätselhaftes. Vielleicht ist es auch etwas ganz Natürliches, Einfaches und Erklärliches. Ich war kaum aus dem Zuge gestiegen, als meine Aufmerksamkeit auf einen Reisenden gelenkt wurde, der eben offenbar auch ausgestiegen war und den Perron hinuntereilte. Er war etwa fünfzig Schritte von mir entfernt. Ich glaube, er fiel mir nur durch seinen eigentümlich hellgelben Mantel und seinen hastigen Schritt auf, der etwas Unrhythmisches und Konfuses hatte.

Warum lief ich diesem Herrn eigentlich sofort nach?

Ich habe seit gestern darüber nachgedacht und weiß es doch nicht. Aber eigentlich, was ist denn so Unerklärliches daran? Warum soll ein Reisender wie ich es bin, ein Mensch, der lediglich zu seinem Vergnügen, na — Vergnügen? — also ein Mensch, der nur reist, um zu reisen, der nichts zu tun hat, gehen und kommen kann, wann und wie und wo er will — warum sollte er nicht plötzlich auf den Einfall kommen, auf dem Gare de l'Est in Paris hinter einem Herrn mit einem hellgelben Mantel und einem unrhythmischen Gang herzulaufen?

Wenn ich es allerdings recht bedenke, so scheint es mir doch wieder seltsam oder zum mindesten auffällig. Denn ich liebe das Unrhythmische keineswegs. Ich gehe ihm sonst aus dem Wege, wo ich kann. Ich setze mich weder in ein Familienrestaurant noch in eine Elektrische. Warum also, warum ging ich ausgerechnet hinter diesem scheußlich konfusen und verzwickten Schritt her? Warum quälte ich mich mit sämtlichen Taktarten, diesen Schritt einzufangen?

Ja — vielleicht hatte dieser Schritt doch etwas Rhythmisches, und ich rede mir nur ein, daß er verworren war. Immerhin — er war wie zwei übereinander gepurzelte Takte und gar nicht zum aushalten.

Ich glaube, der Herr trug eine große schottische Mütze

und in der Hand eine rote Ledertasche. Aber das weiß ich nicht bestimmt. Denn ich war wie hypnotisiert von dem Zwickzwack der Beine unter dem hellgelben Paletot und hatte, so lange ich ihm folgte, für nichts anderes Auge und Aufmerksamkeit.

Und nun geben Sie mal acht, was geschah. Ich gehe stracksweg hinter dem gelben Herrn da her, immer mit den Augen auf seinen Beinen. Und als er in eine Droschke steigt, rufe ich den nächsten Kutscher und weise ihn an, hinterher zu fahren. Es ist das schönste Wetter, ich kann meinen Freund — denn so nenne ich ihn schon in heimlicher Wut — da vorne gemächlich und bequem in der Droschke sitzen sehen. Das heißt, eigentlich sehe ich nur ein Stück von dem gelben Mantel und darüber die große schottische Mütze. Sein Gefährt ist immer etwa 100 Schritte voraus. Endlich hält es in der Rue Saint Honoré 41. Die Nummer fällt mir sonderbarerweise sofort auf, denn sie gibt mein Alter an. Er steigt aus, der Wagen fährt weiter und er tritt ins Haus.

Und nun habe ich eben in diesem Hause, im zweiten Stock, bei Frau Witwe Labrouquet gestern ein Zimmer gemietet! —

So — ja so, als sei ich besonders hierher nach Paris gekommen, um bei Frau Witwe Labrouquet und ihrem lahmen Sohn zu wohnen!

Es ist einfach lächerlich!

Den 6. August. Ich verfalle wieder auf ein altes Mittel: alle quälenden Unruhen und zermürbenden Gedanken, die ganze Vergangenheit, die sich hinter mir auftürmt und auf mich herabzustürzen droht, die Unrast und Unbeständigkeit, die mich von Ort zu Ort treibt, die mir nirgends Ruhe läßt, meine Tage und Nächte durchtobt, dadurch zu bannen, indem ich schreibe . . .

Wenn ich mir wieder etwas aus meinem Leben erzähle, wenn ich aus meinen grauen und grünen Erinnerungen wieder kleine, zarte Gespinste hervorsuche, Träume, Leidenschaften, Gebete, — Begegnungen mit anderen und mir — geflüsterte, ungehörte, verwehte Dinge herbeirufe . . . ach, vielleicht werde ich dann noch einmal alles zurückdrängen können. Ich werde den Mächten, die mich und alle verfolgen, entrinnen, wie ein Dieb. Ja, wie ein Dieb, der sich geschickt in einem Kellergewölbe zu verbergen wußte, von dem niemand weiß, wo er geblieben ist, und an dem die hastigen Polizisten vorbeirennen, bis sie spät ihren Irrtum gewahr werden. Aber hallo! Jetzt hat der Dieb zwischen seinen grauen Kellerwänden neue Kräfte gesammelt und rasender als je fliegt er die langen Straßen hinab. Hinein in ein Haustor, durch den Korridor in den Hof, einen Blitzableiter hinauf, auf das Dach des allerhöchsten Hauses und ratsch — weg ist er. Weg, als hätte ihn der Himmel verschluckt.

Weiß Gott wie heiß mir wird, wenn ich an eine solche Diebsjagd denke!

Aber schön ist das, wundervoll. Das heißt natürlich, wenn man der Dieb ist. So alles auf den Fersen zu haben, einer gegen zwanzig, gegen hundert, und dann mit allen Anstrengungen des Geistes und Körpers arbeiten, arbeiten, arbeiten, daß einem der Schweiß perlt. Alles gedoppelt: Gesicht, Gehör, Geruch; spähen, jede Kleinigkeit berechnen, ausnützen und Sieger sein zuletzt, Sieger!

Ach ja . . . . wenn es nur leichter wäre, Diebstähle zu begehen . . . .

Ich erinnere mich noch deutlich an die furchtbare Angst, die ich in Messina ausstand, als ich mir einmal vorgenommen hatte, eine Apfelsine zu stehlen.

Ja — ich wollte mir die Langweile damit vertreiben, mir zu zeigen, ob ich Mut hätte. Mut, eine Apfelsine zu stehlen.

Gott, wie deutlich steht doch alles vor mir: da ist das kleine Hotel mit der grünlich grauen Fassade und der schmierigen Tür. Da ist der Stall nebenan und da ist der kleine deutsche Hausknecht mit den feuerroten Haaren und den unwahrscheinlich großen Ohren, die immer — offenbar von Stiefelwichse — ein wenig schwarz waren. Ja, ja — dieser Hausknecht. Er hatte übrigens trotzdem zarte Beziehungen zu der Köchin, die etwas bucklig war, und man sagte mir, sie erwarte ein Kind. Mein Gott —! Und da ist der schmutzige kleine Speisesaal mit den abgeschabten Tapeten und dem Kellner Luigi.

Aber das gehört nicht zur Sache.

Ich langweilte mich scheußlich in diesem verfluchten Nest und aus lauter Langerweile kam ich, wie gesagt, zuletzt auf den Gedanken: mir meinen Mut zu beweisen! Haha, — ich wollte eine Apfelsine stehlen. Das sollte mir wahrhaftig ein Beweis für Mut sein!

Es war just um die Zeit der Ernte. Was für prachtvolle goldene Früchte gab es doch da. Wenn sie wie goldene Kugeln geschichtet in den Körben lagen, und die Sonne darauf schien, konnte man wirklich die Augen nicht weit genug aufreißen, um all dies kostbare Licht in den Körper einzulassen. Ja, man hätte sich am liebsten überall Augen in den Körper geschnitten, um all diese Fruchtbarkeit aufsaugen zu können.

Am Montag hatte man vor meinen Augen einen dieser braunen, nackten Bengel, die da überall umherlungern, dabei erwischt, als er gerade im Begriff stand, sich mit sechs großen roten Orangen aus dem Staube zu machen. Weiß Gott, beinahe wäre es ihm geglückt, diesem verflixten, kleinen Teufel. Was er für Augen hatte! Aber er hatte die Rechnung eben ohne seine Hose gemacht.

Ja, er trug nämlich als einziges Kleidungsstück eine graugrüne Hose auf dem Leib, aus der unten die Beine wie braune Streichhölzer herauskamen. Und in diese Hose hatte er die sechs Orangen vor dem Stand der Verkäuferin ganz unbemerkt hineingestopft. Er hatte sie wahrhaftig alle schon drin. Aber zuletzt bekam die Alte hinter dem Stand doch

Wind von der Sache. Sie hatte eine kolossale braune Hakennase im Gesicht und trug eine blaue Bluse. Plötzlich stieß sie einen gellenden Schrei aus, fuchtelte mit den Armen in der Luft rum und kam hinter dem Stand hervorgesprungen.

Das war eine Pracht zu sehen, wie die braunen Beine der Raubkatze über die Straße flogen! Und die Alte schreiend mit geblähtem Rock hinter ihm her!

Mein Gott, ich stand und lachte aus vollem Halse.

Sie hätte ihn nicht bekommen, den Teufel, den kleinen. Aber an der Hose lag es, die brachte ihn an den Galgen. Denn während ihm eine der Orangen im Lauf aus dem Gurt sprang und rot durch den Staub der Straße rollte, sackten sich die andern immer tiefer in das rechte Hosenbein und — bums, da lag er. Da hatte die Alte ihn aber auch schon am Kragen.

Donnerwetter, was das Tier aber auch für Raubfinger hatte; biegsam wie Fischbein und fest wie Stahl.

Na ja — so kam ich selbst auf den Gedanken, eine Apfelsine zu stehlen. Und das gab mir Beschäftigung bis zum Schluß der Woche. Beschäftigung? Es war ein Stück Arbeit, ein Stück ganz verzweifelte Arbeit. Ich bekam in diesen Tagen ordentlich eine gute Meinung von den Dieben. Denn wenn ich nur die Hand ausstrecken wollte, um die Orange von dem Stand der Verkäuferin zu nehmen — am ersten Tage probierte ich es dreimal — dann zitterte ich am ganzen Leibe und fühlte kaum mehr den Boden unter den Füßen.

Ich glaube, ich habe in diesen fünf Tagen im ganzen zwanzig Pfund Orangen gekauft, nur um mir immer am Stand der Alten zu schaffen machen zu können. Ich konnte das Zeug ja gar nicht aufessen. Ich schenkte es im Hotel dem rothaarigen Hausknecht oder dem Oberkellner Luigi.

Am zweiten Tag lächelte mich die Alte schon immer von weitem an. Hole der Teufel ihr Lachen, ich werde meine

Apfelsine schon bekommen, dachte ich. Aber ich ging wieder und trug nur das gekaufte Pfund nach Hause.

Dann wurde die Geschichte interessant, das Weib hatte offenbar meine Absicht erraten, sie lächelte jetzt jedesmal recht spöttisch, wenn sie mich kommen sah.

Ich nahm allen meinen Mut zusammen und versuchte eine günstige Gelegenheit abzupassen. Aber wenn sich die Alte einmal wegkehrte, dann war es mir beinahe, als seien mir die Hände mit einem unsichtbaren Strick an den Leib gebunden.

Ich wurde wütend, zu Hause in meinem Zimmer nannte ich mich einen erbärmlichen Feigling und schlug mit der Faust auf den Tisch, daß er umstürzte und die Platte zerbrach. Ich sagte mir, so kann es nicht weitergehn. Ich setzte also den Freitag als Ruhetag an und schwor mir, die Tat am Sonnabend zu vollbringen.

Ich hielt mein Wort. Allerdings das tat ich. Aber wie erbärmlich benahm ich mich doch. Es war in der Mittagsstunde und die Alte hatte eben ihre Bude verlassen, um an einem hundert Meter entfernten Brunnen Wasser zu holen. Weit und breit war keine Menschenseele zu sehen. Und da also — in diesem Augenblick fand ich wirklich den Mut, meine Apfelsine zu stehlen. Pfui! Was war ich für ein feiger Dieb. Und ich lief wahrhaftig noch davon als hätte ich schon den Polizisten im Nacken. Pfui Teufel!

Übrigens hatte die Alte natürlich gar nichts bemerkt. Später sagte ich ihr einmal, daß ich lange die Absicht gehabt hätte, ihr eine Orange zu stehlen. Aber da lachte sie und wollte es nicht glauben; obgleich ich es beschwor, bei Gott.

Den 7. August. Nun da wäre ich denn hier bei Frau Witwe Labrouquet, geschiedenen Blissot und ihrem lahmen Sohn. Ob sich der Herr mit dem gelben Mantel, der schottischen Mütze und den Zwickzwackbeinen noch einmal sehen lassen wird?

17

Was dies übrigens für eine Wohnung ist. Drei Zimmer und Küche. Drei graue Schachteln mit Löchern, die man Fenster nennt. Über die langweiligen gelben Gardinen habe ich ein Paar alte Priestergewänder aus Tokio gehängt. Sie sind aus Seide und ich mag es gern, wenn Licht durch Seide fällt. Es fühlt sich dann ganz anders an.

Überhaupt habe ich heute den größten Teil des Tages damit zugebracht, das Zimmer umzuräumen. Ich konnte schon in der letzten Nacht nicht schlafen und hatte immer das Gefühl, es sei jemand im Zimmer. Der Schrank, das Bett, der Spiegel, die Stühle, alles tat noch den Willen des Menschen, der hier vor drei oder vier Tagen ausgezogen sein muß.

Ich kann noch ganz deutlich sehen wie er zum Beispiel da hinter dem Tisch auf dem roten Plüschsofa gesessen hat. So — die Hand so ans Kinn gestützt und guckt da hinaus nach dem Schornstein auf dem gegenüberliegenden Dach. Und immer rauchend. Mittelsorte. Es muß ein Kunstschriftsteller oder Theaterkritiker gewesen sein; ein ganz gewöhnlicher, oberflächlicher und uninteressanter Mensch. Aber trotzdem eine „anerkannte Feder" und ein „gemütvoller Plauderer". Auf alle Fälle ein Mensch, der sich zum Platzen ernst nimmt. „Wie schrieb ich doch damals, als Ibsen mich besuchte . . ."

Ja, weiß Gott, man konnte es an den Möbeln sehen, wie langweilig und bürgerlich und ernst dieser Mensch war. Ich mußte ja die ganze Bude auf den Kopf stellen, um den Geist dieser „anerkannten Feder" los zu werden. Ja, außer dem alten eisernen Ofen in der Ecke und dem Bild dahinter — übrigens ein eigentümliches Frauenporträt —, ist auch kein Ding mehr an derselben Stelle geblieben.

Frau Witwe Labrouquet wird Augen machen!

Augen, wie die geschiedene Blissot an dem Tage, als es herauskam, daß es mit dem Sparkassenbuch von 2500 Frank, im Vertrauen, auf welches Herr Labrouquet ihr die Hand vor dem Altar gereicht hatte, nichts war.

Der arme Herr Labrouquet!

Er wußte ja nicht, daß bei einer Frau i m m e r etwas herauskommt. Es braucht nicht gerade ein falscher Busen zu sein, aber vielleicht eine irrsinnige Schwester; oder der Vater hat einmal im Zuchthaus gesessen oder sie hat einmal binnen vier Wochen zwei Verlobungen aufgelöst. Bekommen. Ach, es ist nicht immer etwas Wichtiges. Vielleicht verschweigt sie dem Bräutigam ja nur einen hohlen Zahn oder daß sie einmal ein Kind hatte . . . aber heraus kommt immer etwas. Und es ist wahrhaftig eine Herzensfreude, so einem jungen, freundlichen Ehemann zu begegnen am Tage, da etwas raus gekommen ist.

Männer können ja viel dümmere Gesichter machen als Frauen. Unfreiwillig natürlich. Denn wenn eine Frau dumm sein will, ist sie auch darin Meister.

Nein, nein, ich habe diesmal kein Glück gehabt mit meiner Wohnung. Warum um alles in der Welt mußte ich auch diesem gelben Mantel und dieser schottischen Mütze nachlaufen? Trotzdem ich den ganzen Bau sozusagen auf den Kopf gestellt habe, und kein Stück mehr am Platze ist, begegne ich noch immer dem Gedankengerümpel dieser „anerkannten Feder" und dieses „gemütvollen Plauderers". Was für ein schales Zeug in so einem Schreibergehirn nebeneinander liegt. Ein Anblick wie ein Trödelladen.

An diesem Tisch zu sitzen ist mir ganz unmöglich. Da muß er täglich geschrieben haben, und wenn ich mich dorthin setze, fallen mir Dinge ein, die direkt reif sind für den . . . . er-Anzeiger. Unterm Strich.

Ich sitze also am Boden und schreibe auf meinem Koffer. Auf meinem kosmopolitischen Koffer . . . .

. . . Wenn ich noch an den kleinen verlassenen Palast der kleinen Soubrette denke, den ich in Wien im Alser Bezirk bewohnte. Zufällig habe ich später erfahren, daß sie wirklich in einem Tingeltangel in Hernals auftrat. Gerade an dem Tage als ich einzog, war sie zum erstenmal aufgetreten.

Vorher war sie eine kleine Putzmacherin gewesen . . .

Nein, was lebte doch in diesem Zimmer — es war nur zwei oder drei Meter breit und vier lang — für ein kunterbuntlustiger Soubrettengeist. Gleich als ich unter der Tür stand und den Fuß noch nicht über die Schwelle gesetzt hatte, mußte ich ganz laut diese närrische Strophe deklamieren:

> „Ich liebe dich, mein Hunderl,
> Ich bin verrückt nach dir . . . ."

Die Wirtin sah mich ganz verdutzt an. Aber ich sagte, ich sei eben im Variété gewesen, habe die Strophe gehört und ob sie ihr nicht auch gefiele.

Und wo ich ging und lag und saß und stand, immer arbeitete der Geist dieser kleinen, verrückten Person in mir fort.

Ich saß auf dem Stuhl und sagte: „Da kam ein kleines Mädchen auf ihn zu, das hatte einen Hut auf, der war ziegelrot mit funkelnagelneu . ."

Ja, man beging die unglaublichsten Dinge in diesem Zimmer. Einmal erwischte ich mich dabei, wie ich der Köchin gegenüber im Hause die Zunge herausstreckte und ihr eine Nase schnitt. Oder ich tanzte plötzlich vor dem Spiegel eine Kakewalk und hatte mir dazu den Kimono aus Yoshiwara umgehängt. Und welche Träume hatte man in diesem Palast! Nun eben die Träume einer ganz kleinen, verrückten Soubrette. Ein Graf sprach einen auf der Straße an. Es war im Volksgarten, gerade vor dem Denkmal der Kaiserin. Welch ein Duft von Beeten und Blumen. Und welch ein Sommerabend . . . Ach . . . Einem solchen Grafen mußte man sich ja gleich in den Arm hängen. Da war wirklich nichts dabei. Er hatte auch bei den Husaren gedient und war Leutnant. Und Rosen hatte er in den Händen, rote Rosen. Er sagte, sie seien für eine andere bestimmt, aber nun wolle er sie mir schenken. Denke nur.

Gleich am andern Tag wollte er einen Ausflug mit mir machen. Ich wollte nicht, aber sein Wille war stärker. Auf der Sophienalpe küßte er mich zum erstenmal. Ich hatte ein neues rosa Kleid an, das ausgeschnitten war . . . . Ach und dann wurden wir so namenlos glücklich . . . Gott, wie lieb ich ihn hatte, und wie gut er war. Er nannte mich immer Dodo, das gefiel mir so gut, wenn er's sagte, und ich hatte es mir auch gewünscht. Aber dann kam das Duell. Wegen mir. Ein Leutnant von den Deutschmeistern hatte nämlich etwas über mich gesagt. . . Ach, wie ging es doch aus? Wurde mein Graf getötet? Nein, ich weiß nicht . . . aber die Sonne ging so blutrot über der Donau unter und die Nebel stiegen herauf. „Die weißen Abendfrauen kamen über das Meer" . . . Das klingt hübsch, nicht wahr? Ich habe es von einem wundervollen Dichter gehört. Er konnte überhaupt so schön schreiben, daß man ganz traurig wurde und weinen mußte . . .

Ja, ich konnte sie ganz deutlich vor mir sehen, diese verrückte, kleine Person. Schlank und biegsam war sie wie eine Gerte. Sie hatte nußbraune Haare, einen rosigen Teint und die Nase war ein wenig eingedrückt. Das gab ihrem Gesicht sozusagen etwas Bedenklich-Komisches. So oft man sie ansah, mußte man leise den Mund verziehen. Aber dann platzte sie heraus und glaubte, sie habe einen glänzenden Witz gemacht.

Nein, nein, wie deutlich ich dieses Kind doch vor mir sah!

Da war ein Läufer mit roten Streifen, der lief längelang durch das Zimmer. Wenn sie sich an ihrem Grafen satt geträumt hatte und nicht mehr weiter wußte, ging sie an den Schrank und holte ihr bestes Kleid, es war rosa, und Lackschuhe heraus, mit breiten Seidenschleifen.

Es dauerte nicht lange, bis sie es an hatte. Sie guckte auch nur zweimal in den Spiegel. Was man doch für ein Mädel war! Es war wirklich schad um einen. Ja, ein bißchen schad war's schon.

Aber dann stellte sie sich ganz an das Ende des einen Streifens, raffte an beiden Seiten den Rock hoch, daß die Füße in den schwarzen Strümpfen bis zum Knöchel sichtbar waren und dann . . . dann balancierte sie auf dem schmalen roten Streifen ganz vorsichtig durchs Zimmer . . . eins . . . zwei . . . eins . . . zwei. Ganz vorsichtig und immer einen Fuß vor den andern . . . . Um keinen Preis wollte sie von dem roten Strich abweichen, und sie hielt den Atem an und sah ganz gespannt auf die schwarzen Schleifenschuhe. Es war ihr bitter Ernst sozusagen. Denn wenn sie heftig ins Schwanken geriet, dann mußte sie auflachen, als würde sie von jemandem — wie wahnsinnig gekitzelt. Fiel sie aber um, dann stieß sie sogar einen richtigen Schrei aus, so daß Frau Vrany, die Wirtin, ganz erschrocken hereingestürzt kam und sagte: „Aber Fräul'n, was hab'n S' denn? Möcht mer doch grad mein'n, S'täten's schon am Spieß stecken. I hab mi ja am Tod d'erschrocken." Aber dann saß sie irgendwo am Boden, lachte als würde ein Schlittengeschell wie rasend geschüttelt, wurde dann ganz ernsthaft und sagte mit einer Miene, von der nur der liebe Gott wissen konnte, ob sie echt oder falsch war: „I bin halt wieder runterg'fall'n, Frau Vrany; denken S', nur drei Schritt noch von der Tür." Und während sie das sagte, fuhr sie einmal mit der Hand ganz schnell an ihrer stumpfen Nase vorbei, als gäbe es da etwas abzuwischen. Aber das war natürlich gar nicht der Fall, denn als Putzmacherin verkehrte sie ja schon seit einem halben Jahre mit den Damen der besten Gesellschaft.

Daß es so ein tragisches Ende mit der Kleinen nehmen mußte! Ach, weiß Gott, wenn sie auch eine Soubrette war, so war sie doch unschuldig wie eine Apfelblüte. Da war Herr Werder, ein dicker rötlicher Clown an dem Tingeltangel. Was denken Sie, was er eines Tages zu der Kleinen sagt?

„Nun, Fräulein," sagt er eines Tages, „Sie werden ja jeden Tag dicker. Jetzt können Sie schon bald die komische Alte spielen."

Und was tut die Kleine? Sie geht nach Hause und stellt sich vor den Spiegel und weint und weint und weint . . .

Zwei Tage später zogen sie sie aus der Donau.

Hole doch der Teufel diesen roten Clown.

. . . Ja, es war wirklich ein Erlebnis, in dem kleinen verlassenen Palast dieser Soubrette zu wohnen! Ich habe mich selten so köstlich amüsiert, obgleich ich doch häufig solchen Überbleibseln, oder soll ich sagen, solchen Schatten begegnete. Diplomaten, Gelehrte, Bettler und Könige, Diebe, Tapezierer und Fabrikanten, Bürgerfrauen, Dirnen, Heilige, Marktweiber und Kupplerinnen, Trunkenbolde, Asketen, Schiffer, Matrosen, Soldaten und amerikanische Milliardäre haben genau wie diese kleine Soubrette Dodo mir ihren Schatten vermacht, und ich habe auf mancherlei Weise nach ihrer Pfeife tanzen müssen, wenn es auch nicht immer so lustig war und mit einem Kimono um die Schultern wie in dem kleinen Zimmer in der Alserstraße.

Nein, weiß Gott, so lustig war es nicht immer. Was glaubt man denn, was sich in der Brust vieler Menschen begibt?

Und doch, wenn ich es so recht bedenke, so war ich noch immer froh, wenn sich auf diese Weise etwas in meinem Leben ereignete. Hatte ich dann nicht wenigstens etwas, was mich ausfüllte, beschäftigte, was mich hinderte, die ungeheure Leere zu entdecken, als die ich mir zuweilen selbst vorkam? Gibt es denn etwas Entsetzlicheres als nichts zu sein? Lieber verkriecht man sich noch hinter die Gebärden und Masken eines anderen. Und ist es nicht besser, wenigstens noch etwas zu scheinen als ganz nichts zu sein, ein wesenloser Schatten, ein Gespenst . . .?

Ja, ich war diesen Überbleibseln im Grunde genommen doch immer sehr dankbar . . .

Na ja, ich sprach einmal mit einem Mediziner darüber: Es war ein berühmter Arzt und ich lernte ihn auf dem Bahnhof

23

einer kleinen russischen Stadt kennen. Ich war gerade ganz ausgezeichneter Stimmung, denn ich war zwei Stunden durch den Schnee über Land gegangen und der Himmel war so klar und hell gewesen. Besonders ein Stern gerade vor mir, ach wie hatte der blau gefunkelt. So rätselhaft zwinkernd kühl und blau, wie ja, ... seltsam . . . . jetzt möchte ich fast glauben, er habe gelächelt wie das Frauenbild da hinter dem eisernen Ofen an der Wand. Oder besser noch wie ihre Hände da, hatte er gelächelt . . . Aber gleichviel; ich war in einer vorzüglichen Stimmung und so erzählte ich denn dem Arzt die Geschichte von der Soubrette. Aber ich erzählte es so, als sei es einem Freunde von mir passiert, und ob das nicht sonderbar wäre.

Nein, das wäre nicht sonderbar, sagte der berühmte Arzt. Und dabei zog er seine goldene Uhr heraus, klappte den Deckel auf und machte ein Gesicht, als wolle er zu einem Patienten sagen: Ja, Sie haben noch zwölf Minuten zu leben.

Nein, sonderbar sei das keineswegs; und dann nannte er auch irgendeinen griechischen Namen, den ich nicht verstand. Das Wort erinnerte mich nur von fern an Hippopotamos, und da erzählte ich ihm schnell die Geschichte von einer Mumie, die ich mal in der Nähe von Gizeh gefunden hätte und die eine auffallende Ähnlichkeit mit dem gegenwärtigen preußischen Ministerpräsidenten gehabt habe.

Das sei allerdings sonderbar, sehr sonderbar, sagte der berühmte Arzt. Und interessant sei es, ja außerordentlich interessant!

Wir schüttelten uns ganz herzlich die Hand, als wir uns trennten; wie gute alte Freunde.

Die alte Mumie hatte uns entschieden einander erheblich näher gebracht.

Den 9. August. Nun bin ich wieder seit fünf Tagen in diesem alten Paris. Hätte ich glauben sollen, daß diese Stadt noch einmal solchen Eindruck auf mich machen würde? In spätestens vierzehn Tagen wollte ich nach dem Süden gehen, in die Provence; aber wenn Paris fortfährt, mich mit seinem berauschenden Zauber zu erfüllen, werde ich den ganzen Herbst und Winter hindurch hier bleiben. Bis in den Frühling. Und wenn alles kommt, wie ich es mir denke, wird nach all dem im Mai ein Landaufenthalt an den einsamen, stillen masurischen Seen für mich das Richtige sein . . .

Aber Paris . . . Ist es ein Strom, eine Sonne, eine Nacht, Sturm, Glockenbrausen . . .? Ach, alles ist es; Höchstes und Tiefstes. Auf dem Lande trifft man keine zarteren Farben in den frühsten Tagen des Frühlings . . . Und von welcher Mannigfaltigkeit diese Nächte.

Wie soll ich doch dieses seltsam berauschende Gefühl beschreiben, das mich ergriffen hat, seit ich meinen Fuß auf das Pflaster dieser Stadt gesetzt habe und in die Menge eingetaucht bin; das nun beständig und wie eine unwiderstehliche Macht in mir aufwächst und fast meiner Herr wird. Ist es mir nicht als wäre ich tief im Meer versunken? Fühle ich nicht das Lasten ungeheurer weicher und starker Massen auf mir, ein Lasten wie von Seide und dunklem Samt? Blaugrüne Wogen heben mich, wiegen mich. Ein Lichtstrom rauscht beständig an meinen Augen vorüber, bald blendend in leuchtenden Farben, bald gedämpft, in sterbenden Tönen; Nacht umfängt mich, und wieder reißt es mich ins Gold des glühenden Gestirns. Ein ungeheures Brausen umgibt mich; darin ein Auf und Ab von Tönen, hämmernde Akkorde, die von Not aufschreien, dumpfe, die sich klagend ergeben. Aber hinter dem allen singt und summt eine Melodie, die sich jetzt nähert, jetzt fern zurückweicht, die niemals stirbt, aber die sterben möchte, die sich besinnt, sich aufjauchzend zusammenrafft, wie mit Fäusten zupackt, Blöcke abwehrt, beiseite wirft, und wie mit beständigem Schritt gefaßt ins Leben schreitet . . .

und wieder fern wird, sich senkt und verklingt und an schluchzenden Gewässern sich hinwindet und fast verstummt.

Ja, das ist Paris . . . für mich. Ach, viel mehr ist es, — es ist meine Seele, meine Liebe, meine Leidenschaft . . . Ach, ich könnte ja glauben, ich selbst bin es, ich selbst bin diese dunkle unergründliche Stadt . . .

Den 10. August. Ich will es nur gestehen: Das kleine Frauenporträt mit den übereinander gelegten Händen und dem seltsamen Lächeln hinter dem eisernen Ofen macht mir zu schaffen. Es erinnert mich an irgendwen, und ich quäle mich, es herauszubekommen. Ich sehe es oft minutenlang an, oder drehe mich ganz plötzlich weg, schließe die Augen und frage mich, wo ich dieses Gesicht gesehen habe oder an wen es mich erinnert. Aber das Bild hält sein Geheimnis fest. Ja, es ist mir zuweilen, als mache sich die Dame in dem bräunlichen Rahmen noch obendrein lustig über mich.

Heute morgen kommt mir plötzlich der Gedanke, ich könnte ja Frau Labrouquet fragen. Und wirklich, ich bin auch schon auf dem Weg zur Tür, als mir erst einfällt, daß sie es ja gar nicht wissen kann. Wie soll um alles in der Welt Frau Labrouquet wissen, an wen mich diese kleine Dame mit den übereinandergelegten Händen erinnert? Werde ich es doch selbst kaum herausbekommen. Schließlich ist es ja auch ganz gleichgültig. Vielleicht erinnert sie mich an irgendeine Dame, die ich auf Trafalgar Square so und so habe in den Omnibus steigen sehen, oder an die Bewegung einer jungen Frau, die heimlich auf einem Mississippidampfer nach dem rotbraunen Hals des Kapitäns blickte. Vielleicht bin ich ja auch nur einmal in einer Stadt gewesen, die so aussah. Was liegt daran. Aber ich will gewiß nicht selig sein, wenn es mir nicht einen Augenblick so war, als könnte Frau Labrouquet meine Erinnerung auffrischen . . .

Da habe ich heute übrigens den Herrn in dem gelben Mantel und der schottischen Mütze wieder getroffen.

Ich war wohl noch zehn Schritte vom Haus, als ich plötzlich seinen verzwickten Schritt in die Türe hineinpurzeln sehe. War das nicht der Herr in dem gelben Mantel? Richtig. Da sehe ich ihn vor mir die Treppe hinaufgehen. Und was das Beste ist, wir sind Nachbarn. Als ich auf den letzten Treppenabsatz komme, schließt er eben bei Frau Labrouquet die Tür auf und tritt ein. Ich kann gerade sehen, wie das Zwickzwack seiner Beine noch einmal übereinanderpurzelt und es gibt mir einen förmlichen Ruck, daß ich fast über meine eigenen Beine stolpere.

Den 11. August. Na, ich wußte doch, daß es mit diesem Zimmer noch irgendeine Bewandtnis haben würde . . . Ich hatte es doch von oben bis unten umgekrempelt, daß kein Stück auf dem Platz geblieben war und die gute Frau Labrouquet, Witwe, Augen gemacht hatte . . . nun, wie gesagt, Augen, wie die geschiedene Blissot, als das mit dem Sparkassenbuch herauskam. Ja, sie hatte schon selbst ganz fest an das Sparkassenbuch geglaubt und war jetzt ganz empört und überrascht, daß es plötzlich nicht da sein sollte.

Ja so. Es hatte trotz alledem nicht seine Richtigkeit mit dieser Kabine von einem Zimmer. Da brauchte man, weiß Gott, keine feine Nase zu haben. Der Herr Kunstkritiker mit der ewigen Zigarre und der „anerkannten Feder" war allerdings erledigt. Nein, für die Presse brauchte man jetzt nicht mehr zu schreiben, und von Linienführung und Flächenwirkung und mimosenhafter Zartheit und wie all diese Ausdrücke heißen, war auch keine Rede mehr. Aber, aber . . . da war doch jemand, mit dem ich das Zimmer teilte, das war doch so klar. Ich hatte doch immer so ein leises Gefühl an den Schultern, ähnlich dem, wenn man ein wenig friert. Es konnte nicht lange dauern, bis es herauskam. Nein, Gott sei Dank, heute nachmittag geschah es. Die

Gewißheit ist mir doch immer lieber als dieses ungeduldige Ist-es, Ist-es-nicht.

Da hatte ich mich eben fertig zum Ausgehen gemacht. Ich halte die Mütze noch in der Hand und lege gerade die Hand auf das kalte Metall des Türdrückers. Plötzlich fühle ich ihn. Er steht da drüben vor dem Spiegel und dreht mir den Rücken zu. Er beugt sich ein wenig seitwärts und fährt mit dem hoch erhobenen rechten Arm in den Ärmel seines Überziehers hinein.

Und während ich lausche, höre ich ganz deutlich wie er ganz erschreckt sagt: „Ob sie noch da ist? Mein Gott, wenn sie mich eines Tages verlassen hätte . . .“

Aha, denke ich, jetzt soll ich eine Liebesgeschichte zu hören bekommen. Ein kleines Drama wird sich abspielen. Immer sind es doch die Weiber . . .

Und während ich durch die schon abendlichen Straßen gehe, denke ich an die Liebe. An die Liebe mit sechzehn, mit zwanzig, mit fünfundzwanzig, mit dreißig und mit vierzig Jahren. Aber der mit sechzehn gebe ich den Vorzug.

Liebe mit sechzehn Jahren! Woher kamst du? Da ist plötzlich ein mattgrauer Schimmer zwischen den abendlichen Straßen, ein weiches Zerfließen der milchweißen Wolken um die frühe Sichel des Mondes und unser Auge steht voll Tränen. Irgendein Schmerzlich-Süßes-Wehes zieht in unser Herz ein und füllt es mit der Erinnerung alter Tage. Alle unsere Glieder sind von einer wohligen Müdigkeit befallen, in der alle Gedanken hinrinnen und in der jenes unruhig-ruhevolle Glück in uns einzieht, nach dem wir uns nach Jahren noch sehnen, sehnen.

Liebe mit sechzehn Jahren liegt nachts auf frischen Wiesen unter Sternen und läßt das Auge auf dem Mondlicht über jungen Buchen träumen.

Liebe mit sechzehn Jahren blickt den mondhellen Fluß hinunter und hört im Rauschen der Wellen süßere Stimmen als Violinen und Harfen. Ein dunkler Kahn zieht über silberne Fluten und der Glaube zieht ihm entgegen, und hofft ein Glück, so weit und so unermeßlich wie ein Königreich in den Märchen.

Ist es nicht schade, daß Liebe mit sechzehn Jahren so bald stirbt, daß mit den Jahren diese Träume verschwinden und uns nicht mehr besuchen? Sieh diesen blauen Blick, mit dem jene Sechzehnjährige dem Versinken der Sonne im Meere folgt. Sie hat die Hände übereinandergelegt, kleine schmale Kinderhände, wie zu einem Gebet an einen über den Wolken, sie hat das Haupt ein wenig zurückgelehnt und zwei blonde Haarsträhnen weht ihr der Abendwind leicht in die Stirn. Sieht nicht so das Glück aus?

Ja, was mich betrifft, ich gäbe alle Weisheit und alle gescheiten Einfälle, ich gäbe Ansehen, Stellung, Amt, und besonders alles, was Bildung heißt, alles, alles gäbe ich jetzt dahin für einen einzigen, dieser unsagbar süßen Träume der Jugend. Ich weiß, wenn die Leute alt werden, lächeln sie über diese schwärmerischen Ekstasen. Sie begreifen nicht, daß man stundenlang auf einer taufeuchten Wiese unter Sternen liegen mag, um an ein Paar blaue Augen und einen blonden Kopf zu denken und an nichts als dies. An Augen, die vielleicht einer kleinen und sehr dummen Musikschülerin gehören, die einen nie gesehen hat, und die für einen Lehrer mit einem schwarzen Schnurrbart und seidenen Taschentüchern schwärmt.

Warum glauben wir Erwachsenen doch immer, es zeuge von Vernunft und Reifsein, wenn man keine platonischen Fensterpromenaden mehr macht, sondern, mit Verlaub zu sagen, sich recht bald, nachdem man die Bekanntschaft einer jungen Dame gemacht hat, nach einer passenden „Gelegenheit" umblickt?

Was mich betrifft, so bedaure ich wirklich sehr, nicht mehr so dumm sein zu können, wie mit 16 Jahren; denn mit dieser Dummheit begann auch jenes unnennbar grenzenlose Hoffen, jenes unermeßliche Ahnen von etwas Kommendem zu entschwinden, das die Jugend so reich, so reich macht, daß selbst der ungeheure Besitz eines Petroleum- oder Eisenbahnkönigs dagegen nur ein totes, wertloses Nichts ist.

Den 12. August. Also, mein scheinbar so verrückter Einfall mir bei Frau Labrouquet, geschiedenen Blissot, Rat zu holen über das verteufelte Frauenzimmer da hinter dem eisernen Ofen war gar nicht so absurd! Wer weiß, vielleicht hat man das kleine Fräulein Foujeu, spätere Blissot und noch spätere Labrouquet, Witwe, als sie noch in die 57. Gemeindeschule ging, doch einmal mit der Gioconda bekannt gemacht. Oder wer kann wissen, warum es eines Tages dem kleinen Laufmädel Mimi Foujeu wünschenswert erschienen ist, etwas von Raffael di Urbino und Lionardo da Vinci zu wissen. Vielleicht ist sie zu diesem Zwecke doch zwei oder dreimal im Louvre gewesen, obgleich sie die „alten Heiligen" immer recht schrecklich fand und nachts von ihnen träumte.

Nein, das ist nun wahr; wenn sie etwas erreichen wollte und es sich in den Kopf gesetzt hatte, dann war Fräulein Foujeu eine genau so energische Person wie noch heute die gute Frau Labrouquet, Witwe, die doch nun bereits seit zwei Stunden am Schlüsselloch steht, um endlich einmal festzustellen, was es denn mit ihrem neuen Mieter für eine Bewandtnis habe. Ich muß mir, weiß Gott, irgend etwas für sie ausdenken. Stellen Sie sich doch nur vor, zwei Stunden mit gekrümmten Rücken dastehen und dabei noch beständig den kühlen Luftzug, der durch das Schlüsselloch auf das Auge strömt . . . Das beste ist, ich schieße meinen Revolver ab. Oder nein. Vielleicht küsse ich einmal das Bild da hinter dem Ofen; das könnte sie ausgezeichnet durchs Schlüsselloch beobachten. Ja, ja, das werde ich tun. Ich werde die Gioconda küssen, als wäre sie meine Angebetete . . .

So . . . jetzt ist das kleine Fräulein Foujeu doch noch auf seine Kosten gekommen . . .

Ja, man hätte mir die sieben Foltern androhen können, und ich wäre hier nicht auf die Gioconda gekommen. Zufällig entdeckte ich heute das Bild im Louvre.

Aber es ist mir auch gar nicht so unerklärlich, daß ich das Bild hier nicht erkannt habe, trotzdem es eine recht gute Reproduktion ist. Wie um alles in der Welt denkt man hier an eine Gioconda? In so einem Zimmer, das doch auch schon zu galanten Zwecken benutzt wurde — ja, weshalb eigentlich „galanten"? Nein, das verstehe wer will. — Wie ist man hier auf eine Gioconda vorbereitet! Hier wünscht man eine „Susanne" zu sehen, oder die nackten Göttinnen vor Herrn Paris oder wenn etwas Gemüt dabei sein soll, ein „Allein", ein „Endlich-Allein" oder noch besser ein „junges Glück" in einem vergoldeten Rahmen.

Ja, „junges Glück", das würde hierher passen, viel besser zum mindesten als die Gioconda, auf die man, wie gesagt, nicht vorbereitet ist und deshalb nicht erkennt. So ist es doch. Wenn ich, sagen wir, Herrn Roosevelt, ohne davon in den Zeitungen gelesen zu haben, urplötzlich auf dem Rücken eines Elefanten oder mit einem erbeuteten Gorilla auf der Schulter am Kongo getroffen hätte, wie um alles in der Welt, hätte ich da den großen Staatsmann, der er doch zu Hause sicherlich ist, erkennen sollen? Selbst wenn ich, wie es ja leider nicht der Fall ist, sein bester Freund wäre?

Madonna Gioconda in ihrem bräunlichen Rahmen, der mich an alte Kontore erinnert, lächelt unergründlich. Ich glaube, wenn man das Bild und die Frau lange ansehen könnte, würde sie zu leben beginnen. Ich kann es so deutlich fühlen, wie die Konturen ganz leise im Bilde erzittern würden. Und könnte sie nicht die übereinandergeschlagenen Hände aufheben, um einen mit einer Geste zu berühren, unter der man schaudern würde, wie unter dem Gedanken einer mütterlichen Blutschande?

Es ist so seltsam mit diesen furchtbaren Händen. Man weiß nicht, werden sie Himmlisches tun oder Tierisches. Und wenn Tierisches, werden sie nicht, indem sie es tun, es auch heilig sprechen? Und müßte man nicht den Wunsch haben, sie zu küssen, auch wenn sie Lasterhaftes getan hätten? Ich meine das so, wenn sie an einem lebenden Weibe wären.

Eigentlich ist es ein furchtbares Bild. Ich werde es von jetzt ab nicht mehr ansehen.

Aber was rede ich mir denn ein? Haben meine Bedenklichkeiten vor diesem Bilde mit der Entdeckung, daß es die Gioconda des Lionardo ist, auch nur um einen Deut abgenommen? Diese Ähnlichkeit war es also nicht? Also eine andere? Aber welche, welche? Es ist mir doch als erinnerten mich diese Züge . . .

Ach, an alle erinnern sie mich, an alle . . .

Mögen sie mich doch erinnern, an was und an wen sie wollen und meinethalben an Frau Labrouquet, die geschiedene Blissot.

Den 13. August. Der gute Herr, da hinten vor dem Spiegel, der sich ein wenig links beugt und mit erhobenem rechten Arm in das Ärmelloch fährt, ist der vollendetste Narr, den ich je gesehen oder erlebt habe. Wann mag er nur hier gewohnt haben? Ob es lange her ist?

Die Liebe hatte ihm in ganz erheblichem Maße den Kopf verdreht. O ja, in sehr erheblichem Maße kann man sagen. Liebte er etwa ein Weib aus Fleisch und Blut? Oder liebte er ein Weib aus Holz und Öl? Allewetter, dieser junge Mann hatte Talent. Wissen Sie, in wen er verliebt war? So gehen Sie in die Salle carée im Louvre und betrachten Sie dort das Frauenporträt von Lionardo da Vinci! Ach, Sie müssen nicht glauben, daß es ein schlechter Witz von mir ist. Wenn dieser Mensch nicht von dem glühendsten und wahnsinnigen Wunsch gepeinigt wurde, Madonna

Gioconda an sich zu reißen, wie nur je eine Dame in einer verschwiegenen Ecke, so will ich nicht selig sein. Aber ich möchte auch elf gegen zwei wetten, daß es keine Dame aus Holz und Öl war, die dem armen Tropf so traurig das Oberste zu unterst kehrte.

Den 14. August. Was sich doch in so einem kleinen Zimmer, sogar bei einer Witwe wie Frau Labrouquet zuweilen für Tragödien abspielen.

Da sollte man nun glauben, die großen Ereignisse fänden alle vor einem Parkett von Zuschauern und unter dem Mikroskop der öffentlichen Meinung statt. Aber nein. Hier hinter einem Tisch mit einer roten Decke, hinter zwei verstaubten Gardinen und sozusagen hinter einem eisernen Ofen, ist der Schauplatz der ernstesten Vorgänge. Die Kopie nach der Gioconda ist offenbar ein Erbstück des armseligen Schattens, der mir seine Aufwartung macht. Er hatte sich nichts Geringeres in den Kopf gesetzt als das Original aus dem Louvre zu stehlen.

Der arme Tropf! Wahrscheinlich verwechselte er es mit seiner Angebeteten. Er stellte sich eine heimliche Entführung im Automobil vor, und dann wollte er es — — ja, wie war es gleich? Ich habe es wieder vergessen. Ich glaube, er wollte es hinter einen Spiegel nageln, oder als Rücken in einen Schrank einlassen. Ich weiß es nicht mehr genau.

Den 15. August. Bei allen approbierten Heiligen! Jetzt ist es heraus. Ich habe mich gröblich getäuscht. Der Gelbe ist es! Der Gelbe hat den sauberen Plan aus der Westentasche seines Gemüts geboren. Die Sache wird also ernst, haha! Er wird die Gioconda stehlen! . . .

Ja, aber wie — wie weiß ich es denn? Was kümmern mich auf einmal meine Nachbarn, bis jetzt waren es doch immer nur meine Vorgänger? Unsinn. Was zerbreche ich mir darüber den Kopf. Als ob mich die Sache aufregte. Die Gioconda stehlen! Nun, ebenso gut könnte er sich ja in den Kopf setzen, den Eiffelturm vom Champs de Mars wegzuschleppen oder das Ministerium mit Herrn Delcassé.

Sich auszumalen, daß es eines Tages in den Zeitungen hieße: Die Gioconda gestohlen! Man braucht sich doch nur das vorzustellen, um einzusehen wie verrückt dieser Plan ist.

Die Gioconda gestohlen! Das wäre wahrhaftig ein Spaß. Das käme mir beinahe vor als wollte einer alle Frauen auf einmal aus der Welt schleppen.

Ja, so käme es mir wahrhaftig vor. Er soll es nur versuchen, er soll es nur versuchen . . .

Ich schäme mich fast, es mir selbst zu gestehen, aber wahr ist es: ich kann ihn begreifen, in seinem seltsamen Wahnsinn und ich glaube, daß es vielen so geht. Ich habe mich schon beobachtet, daß ich vor dem Bilde stehe und zu mir selbst sage: Ich liebe dich, Gioconda. Ich könnte es wahrhaftig flüstern wie man ein lange zurückgehaltenes Liebesbekenntnis für sich flüstert. Aber ich habe ja meine gute Vernunft, die mir sagt, es ist ein Bild. Gott sei gepriesen für diese Vernunft!

Der arme Kerl tut mir leid; was wird er sich alles anrichten. Pfui Teufel . . . und dabei ist er ein Grundehrlicher . . . Man muß wirklich Gott danken, daß man nicht so von Sinnen ist wie er.

Denn das ist er. Was hat er sich nun obendrein für einen Unsinn in den Kopf gesetzt. Jetzt will er wissen, daß der Kunsthändler Duval in der Rue de Rome einen Dolch aus rötlichem Stahl besitzt.

Nun, ich weiß nicht, ob es rötlichen Stahl gibt, und vielleicht besitzt Herr Duval ja auch einen solchen Dolch. Aber wie um alles in der Welt kann es ein Dolch aus rötlichem Stahl sein mit der Aufschrift: Tibi Gioconda? Und nicht genug, er kapriziert sich darauf, daß der Dolch aus den toledanischen Werkstätten und eine Arbeit aus dem 14. Jahrhundert sei.

Nun, wir werden ja sehen. Dieser Mensch ist ein vollkommen Irrsinniger oder ich will nicht selig sein.

Den 16. August. Wie der Mensch sich selbst belügen kann! Ich glaube, es gibt sogar Menschen, die lügen sich ihre ganze Existenz vor. Also da versuche ich mir nun einzureden, daß mich die Sache mit dem Diebstahl nichts angeht, daß sie mich nicht im mindesten aufregt und daß ich ihr so gleichgültig zuschaue wie ein langjähriger Abonnent dem 21. Tode der Maria Stuart. Und dabei hat mich doch sofort eine unerklärliche, heiße Angst befallen, die mir fast die Kehle schnürte und mich die ganze Nacht durch Paris trieb.

Und wie ich es auch anstellte, welchen Weg ich einschlug, nach Norden, Osten, Westen, Süden, immer stand ich zuletzt vor dem Portal des Louvre-Museums, gerade als müßte ich achtgeben, daß niemand die Gioconda fortschleppt. Nun, aber ebensogut könnte ja auch einer mit der Venus von Milo am Arm die Rue de Rivoli hinuntergehen.

Jetzt denke ich doch schon erheblich ruhiger über den Fall. Wie töricht ist es doch auch, sich über das Unmögliche aufzuregen.

Ich sollte mir lieber Gedanken darüber machen, wie die Liebe ihm so den Kopf zerstücken und zerflicken konnte.

Daß es aber auch kaum einen Mann gibt, dem nicht der Knüppel Weib zwischen die Beine fällt. So oder so. Der eine bleibt an einem Dienstmädchen hängen oder an einer Gouvernante und der andere stolpert sozusagen über die Idealität des Weibes.

Ja, was dies betrifft, so sind schon mehr Männer als man glaubt daran zugrunde gegangen.

Aber, wer zum Teufel, heißt sie denn auch beim Weibe die Erfüllung der zehn Gebote suchen. „Du sollst nicht lügen." Nun, bei allen Aufrechten, ich habe weder jemals ein Weib gesehen, das nicht lügt, noch wünsche ich es je zu sehen. Ein Weib, das nicht lügt, ist uninteressant, und ein Weib, das die Wahrheit sagt, langweilig. „Du sollst nicht lügen." Das ist wie alle Du-sollst eine Bequemlichkeitsvorschrift. Die Faulheit hat sie gemacht. Diejenigen haben sie aufgestellt, die zu dumm waren und fühlten, daß sie echt und unecht nicht von sich aus unterscheiden konnten. Da gaben sie jedem Ding erst seinen umständlichen Stempel: Dies ist Gummiarabikum und dies ist Nitroglyzerin. Wer nun einem Nitroglyzerin unter die Nase hält und sagt, es sei Gummiarabikum, der ist „unsittlich". Wie lächerlich ist das doch.

Mögen die Männer immerhin sittlich sein. Die Frauen sind mir zu gut dazu. Wer will denn einen abgerichteten Star im Käfig haben? Und ist es — ja bei Gott — gibt es eine größere Freude, als einer Frau hinter etwas zu kommen! Hinter ihre Schliche oder womöglich hinter ihr — Bewußtsein!

Wenn man von den Frauen die Erfüllung der zehn Gebote verlangt, nimmt man ihnen dann nicht alle Hintergründe? Sehen Sie nur diese Gioconda! Haha, der alte da Vinci ist mein Freund! Er glaubte und liebte wie kein anderer die Hintergründe des Weibes, diese unergründlichen Hinter- und Abgründe, durch die man hinauf- und hinabstürzt ins Herz der Natur und zuweilen in das Grauen der Welt. Kann man es etwa ansehen dieses Bild, bis zu Ende ansehen? Nun, den will ich sehen, dem dabei nicht schwindlig wird. Es ist wahrhaftig kein besonderes Vergnügen ins Nichts, ins Ewig-Leere, ins Unbegrenzte hinunterzugondeln. Einen Halt muß der Mensch doch haben, einen Glauben; und sei es auch nur Halt und Glauben an einem Laternenpfahl.

Mich wundert es nicht, wenn es auch größeren Geistern

vor dem Rätsel Weib schwindlig wird. Nun, natürlich größeren Geistern. Kleine werden ja nie schwindlig, sie gehen immer sicher und schwindelfrei auf dem Bürgersteig der öffentlichen Sittlichkeit. Mit einem „du sollst" rechts und einem „du sollst nicht" links, legen sie ihren Lebensweg anständig und honett zurück und legen sich sogar gut abgebürstet ins Grab, wo sie mitsamt ihrer Sittlichkeit verwesen.

Aber die andern! Ja, ich sah manchen auf dem Weg nach seiner Heimat selbst in diesem elektrisch beleuchteten Jahrhundert Irrfahrten machen, die hinter denen des Odysseus nicht zurückstanden, und ein neuer Homer, mein' ich, brauchte nicht unter die Arbeitslosen zu gehen. Aber Odysseus hatte doch schließlich und endlich zu Hause eine Penelope, die treu war. Oder? Oder sollte das nur — ein Märchen sein? Ein Märchen, mit dem der große Dichter sein großes griechisches Kind einwiegte und in Schlummer sang? Wollte er auch zum Glauben an Treue verführen? Mußte er auch einmal hinter alle Hintergründe eine letzte Kulisse schieben, weil ihm sonst schwindelte?

Nein, nein, ich halte es lieber mit meinem alten Lionardo!

O du Prophet des Unglaubens! . . .

Aber ganz leicht muß es doch nicht sein, so ganz ohne die Rechenmaschine „Gut und Böse" auszukommen. Ich selbst darf mich allerdings nicht beklagen. Ich habe einen so wetterfesten Humor mitbekommen, daß ich gegen alle regnerischen Überraschungen der Frauen gefeit bin. Ich habe noch ein Gelächter im Zwerchfell, wo andere schon nach Mord und Selbstmord schielen.

Einmal bekam ich einen Brief, indem sie mir schrieb, sie wolle mir bis ans Ende der Welt folgen. Und das war keine Lüge. Hätte ich geschrieben: „Komm", sie wäre gekommen. Aber trotzdem stand in einem Nachsatz: „P. S. Ich habe hier übrigens einen Rechtsanwalt wieder getroffen, den ich im letzten Winter auf einem Ball kennen lernte."

Na — es war so klar; sie betrog mich. Aber ich war ganz begeistert über diese Mitteilung. Ich hätte gar nicht hinfahren brauchen, um mich zu überzeugen. Es war mir geradezu, als ob in dem Brief stünde: Liebster, ich betrüge Dich, herzlichen Gruß Deine Dich treu und ewig liebende Margarethe.

Ach, ich kann ja gar nicht sagen, wie begeistert ich war!

Aber ich fuhr natürlich doch hin, ging auf den Herrn Rechtsanwalt, als er an ihrer Seite daher kam, zu und schlug ihm eins, zwei den Hut vom Kopf. Trotz meiner Begeisterung.

Ja, so ist man.

Und die Sache nahm noch ein viel fröhlicheres Ende. Denn trotzdem sie mich brutal genannt hatte, kam sie doch am Abend zu mir ins Hotel und hatte ihr bestes Kleid angezogen. Nun, da wußte ich ja Bescheid. Aber in dem Hotel konnte ich nicht bleiben. Wir mußten umziehen. Denn dort hätte uns ja niemand geglaubt, daß wir ein legitimes Recht auf ein Zimmer mit zwei Betten hätten. Das wollte sie nämlich diesen Abend unbedingt.

Wenn man sagt: Selbst in der vornehmsten Dame steckt eine kleine Göre, die noch gern einmal eine Nase schneidet und die Zunge herausstreckt, — so glaubt alle Welt, man wolle sich über die Frauen lustig machen.

Eine Dame sagte einmal ganz empört darauf zu mir: „Vielleicht auch in der Königin von England?" „Warum nicht?" sagte ich, „ich will nicht hoffen, daß die Engländer von einer Gouvernante regiert werden." Darauf drehte sie mir den Rücken zu und ging stracks davon. Das tat sie aber nur, weil sie so prachtvolle Schultern hatte. Ja, prachtvolle Schultern und einen geschmeidigen, freien Gang. Ich mußte ihr ganz berauscht nachblicken. Und sie fühlte auch wohl, daß sie Eindruck auf mich gemacht hatte, denn sie blickte sich nicht ein einziges Mal um.

Später wurden wir übrigens noch gute Freunde und sie

war furchtbar verliebt in mich. Und dann sagte sie mir auch einmal, daß ich ganz recht hätte mit der kleinen Göre, die noch eine Nase schneidet, aber damals hätte sie es furchtbar geärgert. Es sei auch arrogant, so etwas zu sagen, aber jetzt, wo sie mich hätte, wäre ihr auch das egal. Ach, sie war ein reizendes Geschöpf, so klug und falsch wie kaum eine.

Ich verlor sie übrigens zuletzt durch eine Dummheit. Ich küßte nämlich eines Tages halb aus Langerweile, halb aus Torheit in ihrer Gegenwart eine Kopie der Venus von Giorgone, die bei mir an der Wand hing. Das sei die größte Beleidigung, die man einer Frau antun könne! Und das sagte sie mit dem erbittertsten Gesicht von der Welt. Als ich ihr aber vom Fenster nachsehe, bemerke ich, daß drüben ein Wagen für sie hält, in dem bereits ein Herr sitzt, der auf sie wartet.

Zwei Tage marterte ich mich mit dem Gedanken, was sie wohl gemacht hätte, wenn ich nicht auf den dummen Einfall gekommen wäre, das Bild zu küssen! Denn da hatte sie nun recht: schlimmer kann man eine Frau ja gar nicht beleidigen.

Ja, aus ganzem Herzen unterschreibe ich, was Herr Tackeray sagt: „Unparteiische, logische und streng gerechte Frauen! Gott bewahre uns davor! Wenn die Frauen diese Eigenschaften hätten, würde die Menschheit vergehen, und die Erde würde zu einer Wüste."

Penelope ist doch weiß Gott kein Ideal! Odysseus wird es noch oft beklagt haben, nicht bei der rätselhaften Zauberin Circe geblieben zu sein. Aber wahrscheinlich wollte es die Weltanschauung der Griechen so, daß der Mann bei dem treuen Weibe enden muß, daß er nach allen Irrfahrten die Treue in der Heimat und die Heimat in der Treue findet.

Ja, ja die Griechen . . . .

(Anmerkung des Herausgebers: Es dürfte den Leser interessieren zu wissen, daß das folgende Stück im

Manuskript mit wesentlich veränderten Schriftzügen geschrieben ist. Der Zusammenhang dieses Absatzes mit dem Voranstehenden ist zwar nicht recht deutlich, aber ich glaubte, ihn trotzdem mitabdrucken zu müssen. Vielleicht findet dieser oder jener doch einen inneren Faden, der von dem übrigen Inhalt zu diesen Sätzen hinüberleitet.)

. . . Und dann eines Tages litt es mich nicht mehr. Ich wollte gehen und es ihr sagen.

Ich war stundenlang durch die Wälder gegangen und hatte an jedem Baum gesagt: Ich liebe dich. Sie war ganz in meinen Gedanken. Es war, als flösse ihr Wesen mit meinem Blut schimmernd in meinen Adern. Auch nicht die geringste Regung eines Gefühls gehörte nicht ihr, war nicht sie.

Ach, ihr Menschen von heute, könnt euch solche Liebe nicht denken, ihr glaubt ja nur an Liebe, die nachläuft, die sich erklärt, die heiratet. Für den Florentiner und seine Liebe zur Simonetta habt ihr doch nur ein Lächeln.

Aber als er dort an der Brücke stand und Beatrice unter den Frauen vorüberging, da war es, als sei alles Glück, aller Rausch und Seligkeit dieser Welt in dieses eine gewaltige, glühende Herz gegossen. Der Schein, der aus jenen Augen brach, schuf an ihr die Schönheit der Frauen kommender Jahrhunderte . . .

Wenn sie durch die Straßen schreitet oder ihre Schönheit in Sälen zeigt, wenn die Menschen sich nach ihr umwenden, ist mir, als bewunderten alle mein Werk. Ich habe sie gelehrt, sich so zu tragen mit diesem königlichen Anstand, ich habe sie ihren stolzen Gang, das Neigen ihres Hauptes, das Heben ihrer Hände gelehrt . . . .

Ich liebe dich!

Du bist mir wie ein Gebet in der Kirche. Seit ich dich kenne, bin ich wieder fromm wie ein Knabe. Es gibt einen Gott, es gibt eine Unsterblichkeit, es gibt Ewigkeit. Es gibt wieder alles, was es als Kind gab: Geborgensein, Ruhe, Stille. Meine Liebe hüllt mich wie in eine duftende goldene Wolke. Ich bin wie verwandelt.

Ich liebe dich.

Ich will nicht vor dir niederknien und dir keinen Thron errichten. Für den Himmel bist du mir zu gut. Ich will dich wie du bist, mit allen deinen Menschentugenden und Menschenfehlern, mit deinen rätselhaften Schönheiten und deinen schönen Rätseln.

Ich liebe dich.

Den 18. August. Dieser vertrackte Kerl! Er macht mir weiß Gott zu schaffen. Sie werden sehen, daß er mit der Gioconda ernst macht. Er bestimmt sich obendrein Zeit und Ort und Stunde und führt den Diebstahl aus, wie es ihm paßt.

Ich habe es doch heute gesehen. Kam nicht alles, wie er es vorausgesagt hatte? Wort für Wort? Von dem rötlichen Stahl angefangen bis zu dieser mysteriösen Inschrift: Tibi Gioconda?

Von halb fünf ab hielt ich mich bereit. Ich wollte doch sehen, was es denn mit dem Dolch für eine Bewandtnis hätte. Genau zur festgesetzten Zeit — meine Uhr zeigte 13 Minuten bis fünf — stand er auf, nahm seine Mütze und ging. Ich ließ ihn keinen Augenblick aus den Augen und folgte ihm unbemerkt. Immer sah ich seinen gelben Mantel auf der Straße zwischen den Passanten auftauchen. Es war leicht, ihn im Auge zu behalten. Übrigens konnte man am Schritt sehen, wie sicher er seiner Sache war. Er ging gar nicht aufgeregt, sondern ganz ruhig und zielstracks geradaus.

Fünf Minuten nach fünf legte er die Hand auf den Drücker

der Ladentüre und tritt ein. Herr Duval steht sechs Schritte von ihm entfernt und betrachtet eben eine Wedgewood-Schüssel. Er grüßt, geht auf den Kunsthändler zu und sagt: „Sie besitzen einen Toledaner Dolch. Aus rötlichem Stahl. Eine Arbeit aus dem 14. Jahrhundert. Nicht wahr?"

Der kleine graue Mann rückt an seiner goldenen Brille, sieht ihn etwas verdutzt an und sagt: „Nein, mein Herr, einen solchen Dolch habe ich nicht; aber vielleicht ist Ihnen mit einer anderen, einer italienischen Arbeit gedient? Ich habe . . ."

„Nun, erinnern Sie sich nur. Der Dolch trägt die Aufschrift: Tibi Gioconda."

„Aber, wenn ich Ihnen doch sage . . ."

„Ich versichere Sie, Herr Duval . . ."

„Ha, ha, Sie versichern mich! Sehr gut, sehr gut. Nein ich versichere Ihnen, mein Herr, ich versichere Ihnen . . ."

„Herr Duval, Herr Duval", schreit plötzlich aus der hintersten Ladenecke eine Stimme: „Wir haben sie . . . Wir haben sie . . ."

Herr Duval entschuldigt sich plötzlich und rennt zwischen all seinen Möbeln, Leuchtern und Spiegeln nach dem hinteren Ende des Ladens: „Wen denn? Wen habt ihr denn?" ruft er.

„Die Truhe, Herr Duval . . . Sehen Sie nur, da stand sie, hinter dem Louis-seize. Mein Gott, ist sie dreckig, voller Staub!"

Herr Duval ist keiner von jenen modernen Verkäufern, die immer nur Geschäft sind und wie Automaten aussehen. Sein Geschäft ist sozusagen ein Appartement seiner Wohnung, ein Teil seiner Familie. Wer in sein Geschäft kommt, der kommt in seine Familie und nimmt an deren Leiden und Freuden teil.

Herr Duval kommt also mit einer halbgroßen, ganz verstaubten Truhe, die ihm ein Lehrling mit schwarzen Haaren und einem Sommersprossen besäten Gesicht tragen

43

hilft, wieder nach vorne und beginnt gleich zu erklären:

„Endlich also, endlich haben wir ihn, den Ausreißer. Denken Sie nur, mein Herr, vier volle Wochen versteckt sie sich hinter einem Louis-seize-Spiegel. Ich dachte schon, jemand hätte sie gestohlen. Diesen Bengel da hatte ich weiß Gott in Verdacht. Ich hatte mich schon an die Polizei gewendet. Wo sollte sie denn geblieben sein? Nun, jetzt haben wir sie! Ja, ja. Interessieren Sie sich für Renaissancestickereien? Geben Sie acht; hier haben wir nämlich einen der kostbarsten Erzbischofsmäntel, die je angefertigt wurden. Ach, Sie werden staunen, mein Herr, welch eine kostbare Arbeit, welch' eine Arbeit!"

Und während er das sagt, hat Herr Duval die Truhe sorgfältig von allem Staub gereinigt und entnimmt ihr jetzt vorsichtig und fast mit einer gewissen Andacht einen großen kostbar gestickten Erzbischofsmantel aus schwerem Goldbrokat.

„Sehen Sie, das ist eine Arbeit! Und wie erhalten, was? Als käme er eben aus den zarten Fingern der Goldstickerinnen. Sehen Sie nur, sehen Sie. Die Farben sind ein wenig geblaßt. Aber das gibt dem Golde einen intimen, ich möchte sagen, herbstlichen Reiz, nicht wahr? Ja, einen herbstlichen Reiz, das kann man wohl sagen. Oder erinnert es Sie mehr an unseren Pariser Frühling?

Ach, Sie können ihn ja so nicht sehen. Georges, stelle dich einmal hierher."

Und er hängt dem sommersprossigen Jungen den Erzbischofsmantel so über seinen kurz geschorenen Kopf, daß von dem Bengel überhaupt nichts mehr zu sehen ist. Aber der Mantel schleift noch am Boden.

„Oder haben Sie Lust, sich einmal selbst als Erzbischof zu sehen? Haha, Sie werden sich gut darin ausnehmen mit Ihrer Habichtsnase. Entschuldigen Sie. Sehen Sie so — so. Und nun betrachten Sie sich einmal im Spiegel. Ich sage es ja, nur die Mütze fehlt. Sie sind ein geborener Erzbischof, mein Herr. Schnell, Georges, unsere Mütze und den Bischofsstab . . ."

Plötzlich aber schlägt der als Erzbischof Verkleidete den Mantel, der innen mit brennend roter Seide gefüttert ist, zurück und hält dem Kunsthändler einen langen Dolch aus rötlichem Stahl entgegen.

„Sehen Sie, Sie besitzen ihn doch, Herr Duval."

„Mein Gott, mein Gott, was ist das, was ist das! Wie kommen Sie zu dem Dolch? Wie . . .?"

„Ich fand ihn eben hier in der Innentasche des Mantels."

Der kleine Kunsthändler tritt unwillkürlich um einen Schritt zurück, sieht den als Erzbischof vor ihm Stehenden befremdet an und sagt ganz kleinlaut und erschreckt:

„Aber mein Herr, ich versichere Sie, ich wußte nichts, ich wußte in der Tat nicht das geringste von diesem Dolch. Ich kann es beschwören. Ich sehe ihn zum erstenmal in meinem Leben. Lassen Sie einmal sehen, lassen Sie sehen. Bei der Jungfrau, es ist eine toledanische Arbeit. Eine wundervolle toledanische Arbeit aus dem 14. Jahrhundert. Genau wie Sie es sagten. Aber das ist doch das Seltsamste, was ich erlebt habe. Wie wußten Sie, mein Herr? Ach, Sie haben ihn selbst mitgebracht? Aber nein, wie werden Sie denn Ihren eigenen Dolch kaufen wollen. Und hier ist ja auch die Aufschrift: Tibi Gioconda. Ganz deutlich. Mein Gott, genau wie Sie es sagten!"

„Ich biete Ihnen 150 Frcs. für den Dolch", sagt der unheimliche Mensch, der noch immer im Ornat vor dem erschreckten Kunsthändler steht. „Wollen Sie ihn dafür geben?"

Sie werden einig und gleich darauf verläßt der Gelbe den Laden. Herr Duval aber steht noch in der Türe, sieht ihm nach und sagt immer wie zu sich selbst und in seinen grauen Bart hinein: Das verstehe ich nicht, nein, das ist seltsam, das verstehe ich nicht . . .

Um 5 Uhr 17 Minuten waren wir wieder zu Hause, gerade

eine halbe Stunde waren wir fort gewesen.

Den 19. August. Was soll nun noch unmöglich sein. Er
wird die Gioconda und mit ihr alle Rätselhaftigkeit in seinen
Besitz bringen, genau zu der Stunde, zu der er es bestimmt
hat. Und trotz allen Einwendungen der Vernunft wird es in
allen Zeitungen und auf den Straßen ausgerufen werden: die
Gioconda gestohlen!

Eine unerklärliche, heiße Angst hat mich befallen. Er aber
ist ruhig wie ein Stein. Und mit welch
bewunderungswürdigem Instinkt er den Zeitpunkt des
Diebstahls ausgesucht hat. Es ist als hätte er den Blick in die
Zukunft. Woher weiß er, daß bei der Ablösung der Wachen
diesmal ein Irrtum vorkommen, daß der eine Wächter
abgerufen wird, und so der Saal sechs Minuten lang ohne
Aufsicht bleibt?

Ich frage mich ja vergeblich, woher ich dies alles weiß!

Oft fühle ich mich mit ihm verwandt, so als flösse dasselbe
Blut in unseren Adern. Und doch wieder bin ich ihm fremd.
Nicht so fremd und auf jene Art wie einem irgendein
beliebiger Mensch fremd ist, dem man irgendwo begegnet,
der einen um Auskunft bittet oder nach einer Straße frägt,
sondern wie einem der Bruder fremd ist. Oder wohl gar wie
die Mutter, so unheimlich fremd. Das läßt sich nicht
beschreiben. Aber alle diejenigen kennen es, die vielleicht als
Kind gesehen haben, wie ein Mann einen begehrenden Blick
über die Gestalt der Mutter gehen ließ, und wie die Mutter
diesen Blick leise und ohne es zu wissen, zurückgab. Ach,
wie kann da ein Knabenherz in seiner Einsamkeit
erschrecken und auffahren. Und wie fremd kann da eine
Mutter werden. Fremder als Gott, den man noch nie
gesehen hat, der aber doch immer so ist, wie man ihn
glaubt. Eine begehrte Mutter aber ist so fremd und
schaudervoll rätselhaft wie die dunklen Augen eines
Hundes, der sich herrenlos auf den Straßen herumtreibt

und der einen des Abends plötzlich aus der Dämmerung anstarrt wie das Nichts, so niederschmetternd und überwältigend.

Ich selber bin bei guten Sinnen und weiß, daß die Rätselhaftigkeit, das Grauen, das mich aus diesem schrecklichen Bilde anblickt, Geburt meines Hirns, meiner Augen ist. Ich weiß, daß sie ohne mich tot ist, tot in ihrem Rahmen und Holz und Farbe. Aber er, der armselige Unsinnige! Ist er blind? Er glaubt, sie lebt. Er glaubt, daß er all ihre Rätselhaftigkeit an sich bringen muß zu ewigem Besitz oder vielleicht sogar zu ewiger Zerstörung. Er fühlt ein Leben in diesen verräterischen Augen, diesen furchtbaren Lippen, diesen entsetzlichen, grauenhaften Händen. Und das Leben dieses Bildes peitscht und zerfleischt ihn, bringt ihn außer sich und treibt ihn umher. Es bleibt ihm nur das eine: sich selbst zerfleischen oder — sie besitzen. Besitzen wie ein Weib aus Fleisch und Blut, das man Brust an Brust an sich reißen, pressen und umschlingen kann.

Den 20. August. Gott sei uns gnädig! Diese Nacht noch und alles ist vorüber. Er wird alle Rätselhaftigkeit der Gioconda an sich bringen und alles wird seine toten, sicheren, gleichgültigen Gleise gehen.

O, warum sitze ich hier und lege die Hände in den Schoß und stelle mich nicht vor die Tat und ihn? Warum halte ich dem Mörder den Arm nicht fest, ehe er zustößt? Denn Mord ist dies doch, nicht wahr? Ach viel mehr! Ist es nicht, als reckte jemand die Hand aus, das Heiligtum der Welt zu schänden? Als risse jemand die Sonne vom strahlenden Tag, um einen unförmigen Lehmklumpen dafür aufzuhängen? O Gott . . .

Und doch; lebt nicht in uns allen diese furchtbare Begierde, Tempel zu schänden und Götter zu verhöhnen? . . .

(Zwei Stunden später) O, wie soll ich doch das ertragen! Welchen Anteil habe ich denn an diesem Diebstahl? Welche Gewalt besitzt er über mich? Warum bleibe ich denn? Warum sehe ich dem allen so zu, obgleich ich es verabscheue, ihn verabscheue . . .

Ach, ich will es nur gestehen, so erbärmlich es ist, aber helfe mir Gott, nicht ich bin es, den man dafür verantwortlich machen muß: ich w i l l d e n D i e b s t a h l. Ja, ich will ihn, auch ich, das ist mir nun klar.

Und doch ist es mir auch wieder furchtbar, dem allen so zusehen zu müssen. Ja, es ist mir trotzdem, als sollte ich der Hinrichtung meiner eignen Kinder zusehen und könnte auch nicht einen Finger heben, dem Henker Einhalt zu tun.

O, dürfte ich doch aufwachen, und alles wäre ein Traum. Es muß ja ein Traum sein: ganz so wehrlos, so machtlos fühlt man sich ja nur im Traum, wenn man eingeschnürt liegt wie in einem Schraubstock, gefoltert von furchtbarer Angst und die Gefahr nun immer näher und näher kommt und einen jeden Augenblick schon erreichen muß. O ja es muß, es kann nur ein Traum sein, aus dem es ein Erwachen gibt, in dem alles nicht war . . .

Fünf Uhr morgens. Wie gräßlich, wie entsetzlich war dies! O, keine Nacht mehr wie diese. Lieber den Tod. Nun steht das Bild hier dicht hinter der Wand und ich bin von allem Zeuge gewesen und weiß, wie alles sich zugetragen hat. Und mir ist, als wäre ich selbst der Dieb; die Furcht vor Entdeckung hat mich gefaßt und ich zittre wie ein Mörder, der angstvoll die Spuren seiner Tat zu verwischen sucht, der ermüdet und erschöpft in Halbschlaf fällt und sich plötzlich blutbesudelt und blutbefleckt im Traum erblickt.

Ach, nichts ist mir erspart geblieben. Ich wachte hier in meinem Zimmer die ganze Nacht. Ich sah, wie er die Mütze nahm und ging, ich sah ihn in den Straßen, vor den hellen Scheiben der Restaurants und den dunklen Nischen der

Hauseingänge. Er war wie ein Schlafwandler, still und ruhig. Und wie er eindrang! Er fand wie ein Blinder den Weg und tappte im Dunkeln. Jeden seiner Schritte hörte ich, wie die Schläge meines pochenden Herzens. Ich wollte schreien, aber die Zunge klebte mir dorrend am Gaumen.

Es legte sich wie eine knöcherne Hand um meine Kehle. Ich konnte keinen Laut hervorbringen. Aber mein Gehör wurde scharf wie das eines Wächters. O, wie furchtbar scharf wurde es doch! Ich hörte den bröckelnden Gips auf den Boden fallen und die dumpfen Schläge mit dem Hammer, ich hörte sogar das Knirschen des Meißels an den eisernen Klammern und ich sah die raschen gewandten Griffe, die das Bild von der Wand rissen; hastige, knochige Hände, unter denen die Mauer aufbrach. O, ich bebte und zitterte; ich fieberte wohl vor Furcht. Ich legte das Gesicht auf den Tisch und weinte wie ein Kind.

Auf einmal wurde mir ganz leicht und frei zu Mute. Ich erinnerte mich an vieles, was mich einmal entzückt hatte. Ach, an tausend Dinge, an Blumen und Vögel, an ein Paar kleine Mädchenhände und an ein Liebeslied nachts über einem Fluß. Aber das dauerte nicht lange. Denn plötzlich klang ein dumpfer Laut an mein Ohr und ich erschrak zu Tode. Es war sein tappender Schritt auf der dunkeln Treppe! Ich hielt den Atem an und lauschte, wie die Schritte immer näher und näher kamen. Und dann konnte ich auch bald einen anderen eigentümlichen Ton hören, es war das Scharren des gestohlenen Bildes, das bei jedem Absatz an den stumpfen Stufen der Treppe aufschlug.

Den 23. August. Wann werde ich endlich lernen, mich nur um meine eigenen Sachen zu kümmern und mich nicht in die Angelegenheiten anderer einzumischen!

Da habe ich mich nun über Dinge aufgeregt, die mich weiß Gott nichts angehen. Bin ich denn der Präsident der Schönen Künste oder wer sonst seinen Posten verlieren wird, weil da ein leerer Platz an der Wand ist? Weil da ein Stück Holz so hoch, so breit und so lang und mit Ölfarbe bestrichen, weggekommen ist? Denn mehr ist es doch nicht, auch wenn es von Leonardi da Vinci angestrichen wurde.

Aber stellte ich mich nicht an, als würde ein lebendes Wesen ermordet, als habe es weiß Gott welche Bewandtnis mit dem Bilde! Kann ich denn nicht bei dem bleiben, was die Dinge sind, Holz und Farbe und ein bißchen Firnis, und muß ich immer etwas dahinter suchen?

Und welche Dummheit von mir, mich obendrein Hals über Kopf in diese Reise auf diesem alles eher als komfortablen Dampfer zu stürzen! Was geht es mich an, wo er mit seinem grauen Paket unter dem Arm hin will. Mag er doch mit seiner Angebeteten anfangen, was er will; mag er sie ins Meer werfen. Habe ich mich darum zu kümmern?

Das alles hätte ich mir vor fünf Tagen sagen sollen, als es noch Zeit war. Als ich die Geschichte kommen sah, hätte ich abreisen sollen. Aber jetzt ist es zu spät. Jetzt bleibt mir nichts als die Schiffsgefangenschaft in Gesellschaft mit unseren liebenswürdigen Damen und unseren unliebenswürdigen Herren Passagieren abzusitzen.

Jetzt ist es sogar noch ein Glück, daß er mit an Bord ist. Denn sobald dieser verwegene Mensch unter uns erscheint, gibt es Unterhaltung, Geschichten, Anekdoten die Hülle und Fülle. Der Zufall hat gewollt, daß wir die Kajüte teilen, und wir schlafen übereinander, er unten, ich oben.

Wir verstehen uns übrigens ausgezeichnet, trotzdem ich eigentlich ihm gegenüber immer ein wenig befangen bin wegen des Bildes. Aber er gibt sich, als wäre nichts in der Welt geschehen, was ihn beträfe und als gäbe es das graue Paket, das er ganz ruhig an die Wand gestellt hat, gar nicht.

Zuweilen sehe ich ihn vor dem Paket stehen, und dann hat sein Gesicht geradezu etwas besonders Ruhiges, Zielbewußtes. So, als dächte er bei sich: ich weiß ganz genau, was ich mit dir mache, sobald wir ganz draußen auf dem Meere sind, nehme ich dich und werfe dich über Bord.

Sonst ist er ein über und über humorvoller Bursche; zuweilen ist seine Lustigkeit vielleicht ein wenig gezwungen, aber dann kann er so befreiend lachen, daß selbst der Geheimagent sich angesteckt fühlt und einmal seine Wichtigkeitsmiene verzieht.

Nein, ich habe doch nie einen Menschen mit einer so ausgelassenen und bizarren Phantasie gesehen.

Weil ich über ihm schlafe, nennt er mich nur den „Ober“. Und von sich selbst spricht er nicht anders als von dem „Unter“.

„Herr Ober,“ sagt er, „bringen Sie mir etwas Erfrischung, es ist eine gottsjämmerliche Hitze. Sind wir schon am Äquator oder macht mir der höllische Seelenwurm zu schaffen? Sorgen Sie für Zerstreuung, hören Sie, oder lassen Sie uns zu den Oberflächlern gehen. Ja, kommen Sie, lassen Sie uns auf Deck gehen, die Damen ein wenig zu unterhalten und die Herren zu ärgern. Besonders diese kleine deutsche Spitzmaus, die sich so verdient um die Erforschung der Diphthonglaute im Altpersischen gemacht hat.“

Und es kommt wohl vor, daß er sofort seinen Entschluß ausführt, hinaufgeht und mit dem Erforscher der Diphthonglaute im Altpersischen eine Unterhaltung beginnt.

Na, die Sache nimmt etwa folgenden Verlauf:

Der Erforscher der Diphthonglaute steht eben an der Reling, blickt auf die See hinaus und hat die Hände über den Rücken gelegt. Von Zeit zu Zeit macht er mit dem Kopf eine kleine ruckartige Bewegung nach hinten, bei der man sonderbarerweise jedesmal auf seine spitze Nase aufmerksam wird. Und das Ganze sieht so aus, als bekäme er plötzlich Achtung vor sich selbst, fühlte viele Augen auf sich gerichtet und würfe sich nun ein wenig in Positur, um der Welt einen würdigen Gelehrten zu zeigen. Es sieht sehr komisch aus, ein bißchen muß man sich aber auch darüber ärgern.

Wir treten von hinten an ihn heran und sprechen ihn an. „Guten Tag, Herr Doktor." Der Erforscher der Diphthonglaute dreht sich um, legt den Kopf mit der spitzen Nase ein wenig auf die Seite und streckt uns die Hand mit einem Ausdruck hin, als wolle er sagen: Ich kondoliere Ihnen, meine Herren; seien Sie meiner Teilnahme sicher. Sie haben das Unglück, mit einem verkannten, edlen Menschen zu sprechen, der es nicht verdient, daß man ihn in der Abgeschiedenheit seiner Größe, die nur ihm selbst bewußt ist, verkommen läßt.

Der Gelbe tut, als merke er nicht, daß es dem Erforscher der Diphthonglaute heute an Selbstachtung fehlt, und daß er Mitleid betteln geht.

„Denken Sie, prächtig habe ich geschlafen," fährt er ganz unvermittelt los. „Wissen Sie, ich fühle mich jetzt so kräftig, daß ich Sie ins Meer werfen und wieder herausholen könnte. Was? Ich wachte auf wie eine Sprungfeder. Augen auf und raus. Und Leben vom Scheitel bis zur Sohle. Ich nahm den Eichenschrank an der Kapitänstüre und setzte ihn mit einem Ruck auf die andere Seite. Und dabei war ich doch gestern abend verdrießlich wie ein Kakadu. Ich hatte mich wohl über etwas geärgert. Aber als ich einschlief, merkte ich schon, daß heute alles besser sein würde. Ich fuhr nämlich, ehe ich einschlief, eine Zeitlang mit der Chaiselongue in der Eßkajüte herum."

„Na, na, Sie," sagt der Diphthongforscher dazwischen und lächelt ein wenig vorwurfsvoll.

„Ach, Sie sind besorgt, daß die Beine dabei abbrechen könnten. Nein, das ist nicht der Fall. Wissen Sie, ich fuhr ja gar nicht." Und jetzt dämpft er seine Stimme ein wenig, sieht dem Doktor scharf in die Augen, als wolle er da etwas herbeiholen und sagt mit immer leiser werdender Stimme: „Nein, ich hatte ja nur so ein Gefühl. Wissen Sie, ein

Gefühl, als führe ich mit der Chaiselongue ganz langsam — es gab nur einen ganz unmerklichen Ruck, wie es anfing — ganz langsam zuerst und dann immer schneller und schneller im Zimmer herum, über die Treppe aufs Deck hinauf, hier vorbei, zurück, die Treppe wieder hinunter, quer durchs Zimmer und plötzlich durch das letzte Kajütenfenster hinaus . . . gerade aufs Meer . . .“

„Und dann . . .?“

„Und dann . . .?“

„Ach so, ja. Aber sagen Sie nur: Wie konnten Sie denn mit der Chaiselongue durch das Kajütenfenster, das ist doch viel zu eng?“

Auf diese Weise macht er sich beständig über die Herren, lustig, und ich stehe dabei und ersticke fast an meinem Gelächter. Den Geheimagenten fragt er immer wieder, ob noch keine Nachricht von der Gioconda da ist, und den deutschen Doktor Berger hat er schon dreimal die Geschichte von seinem Besuch beim Ohrenarzt und seinem äußerst feinen Gehör erzählen lassen.

„Hörten Sie nicht eben einen Schuß, Herr Doktor?“

„Einen Schuß?“

„Ja, einen Schuß. Ganz scharf und in der Ferne, aber doch sehr deutlich hörbar. Schon wieder! Hörten Sie diesmal?“ Nein, er habe nicht gehört, sagt Herr Doktor Berger, neigt den Kopf ein wenig seitwärts und lauscht angestrengt.

„Ich habe heute wieder meinen Tag, an dem ich schlecht höre.“

„So, Sie hören schlecht?“

„Nein, eigentlich nicht. Ich höre sogar sehr gut. Erzählte ich Ihnen nicht schon, was mir der Ohrenarzt sagte . . .“

Nein, er habe nichts erzählt.

„Das ist nämlich sehr interessant; ich ließ mich einmal von dem bekannten, Sie wissen, dem bekannten Professor Hegenbarth in London, einer unserer ersten Ohrenärzte überhaupt, — er hat seinerzeit auch die Prinzessin Klotilde

53

von Anhalt-Bernburg behandelt, die später den Leutnant Bohlen von den 13. Husaren in Mainz heiratete . . ."

Und nun erzählt er weitschweifig und umständlich mit allen Einzelheiten von seinem Besuch bei dem berühmten Ohrenarzt, der ihm gesagt haben soll, daß sein Gehör durchaus normal, ja mehr als das, sogar äußerst scharf und schärfer sei, als ihm je eines in seiner Praxis vorgekommen sei.

„Hörten Sie den Schuß?" schreit ihm der Gelbe plötzlich ganz laut ins Ohr.

„Einen Schuß?"

„Ja."

„Nein, den hörte ich nun nicht . . . Aber Sie können sich denken, was das heißen will: das schärfste in seiner ganzen Praxis! Der Mann übte fünfundzwanzig Jahre seine Praxis aus. Also da können Sie schon sehen. Ja, mein Gehör ist ganz vorzüglich, ganz vorzüglich."

Das sei ja sehr interessant. Übrigens habe er schon mal von einem ähnlichen Fall gehört, sagt der Gelbe. „Und dann" — fährt er unvermittelt fort — „kannte ich in Königsberg einmal einen Herrn, aber das wird Sie gewiß interessieren — da war ein Herr, der konnte im Theater, gleichviel welchen Platz er hatte, ganz deutlich verstehen, was irgendwo im Parkett oder in den Logen gesprochen wurde. Ein ganz unheimlicher Mensch! Wissen Sie, er hörte ganz deutlich, was sich die Leute zuflüsterten, und wenn es auf der letzten Galeriereihe war. Na, Sie können sich denken, was der für Sachen erzählen konnte . . . ."

„Ach nein . . ."

Doch, da sei z. B. mal ein Stück gegeben worden, in dem ein brutaler Genußmensch geschildert wurde. Ein ausgezeichnetes Stück übrigens und eine famose Charakteristik. Im zweiten Akt sei eine Szene gekommen, in der sich ein junges leidenschaftliches Mädchen dem Genußmenschen an den Hals geworfen habe. Plötzlich habe der Herr gehört, wie die Frau des Polizeipräsidenten zu ihrem Mann in der Loge gesagt habe, so ein gräßlicher, unsympathischer Mensch sei ihr wahrhaftig noch nicht vorgekommen; das sei ja geradezu abscheulich. „Am anderen Tage — denken Sie nur — am andern Tage wurde das Stück verboten. Wegen unsittlicher Tendenz. So was, nicht wahr?" Na, und was sich so die Liebesleute im Theater erzählten . . .

Das müsse doch sehr interessant sein, meinte Herr Dr. Berger.

„Na, ich sage Ihnen. Da konnte der Herr nun Sachen erzählen. Besonders, wissen Sie, aus der guten Gesellschaft. Was die sich alles zu sagen hatten; das kann man beinah gar nicht wiedererzählen. Ich möchte Ihr Ohr wahrhaftig nicht verletzen . . ."

„Aber bitte, bitte, das ist ja sicher sehr interessant"

„Interessant ist es schon. Ja, denken Sie nur, da war zum Beispiel einmal ein Paar, eine junge, elegante Witwe und ein Offizier von der Garde. Eine chike Sache sozusagen. Viele dachten sich ja wohl, daß die beiden ein bißchen toll wären. Aber denken Sie nur. Da wurde Hamlet gegeben; plötzlich sagt doch die junge Witwe mitten in der Totengräberszene dem Offizier ins Ohr, sie wolle einmal auf einem Friedhof . . . im Mondschein . . . Ach, das kann ich Ihnen ja gar nicht erzählen. Wie? Adieu, Herr Doktor, Adieu."

Der Erforscher der Diphthonglaute macht noch ein paar hastige Schritte, hinter uns her, geniert sich aber und bleibt ganz verwirrt stehen.

Huh, wie heiß es ihm doch geworden ist.

Na, den übrigen geht es ja nicht viel besser. Heute wollte er sogar eine Wette mit mir abschließen, daß es ihm gelingen werde dem Schauspieler Grunwald binnen einer Stunde siebzehn Zitate aus Shakespeare und Oskar Blumenthal aus der Nase zu ziehen. Ich bin überzeugt, er tut es, trotzdem ich ihm die Wette verweigert habe.

Und ohne daß der gute Herr Grunwald etwas ahnt, wird er sich von ihm Komödie ohne Honorar und ohne Lorbeerkränze vorspielen lassen.

Gestern, während er in der Kajüte schlief, erzählte ich die Sache übrigens den Damen.

Ich sagte, ich habe einmal einen Menschen gekannt, der sei so und so gewesen und habe die Leute aufgezogen wie die Uhren. Ein englischer Geistlicher in der Nähe von Liverpool.

Alle waren empört über so einen Menschen. Das sei ja furchtbar gemein. Ja, gemein, sagten sie. Da müßte man ja immer fürchten, zum besten gehabt zu werden. Ein Mensch sei doch keine Marionette, die man am Seil tanzen lassen könne wie man wolle.

Ja, die Damen waren alle außerordentlich erregt über so etwas. Besonders, da ich dummerweise den Versuch machte, den englischen Geistlichen zu entschuldigen, indem ich sagte, vielleicht sei es ein Mensch gewesen, der unter den Mechanischen im Leben sehr gelitten und sich auf diese Weise hätte Luft machen wollen.

Das wollten die Damen aber nicht verstehen.

Am meisten griff das Gespräch wohl Frau Sturi an; sie bekam sogar ganz hektische, rote Flecken auf den Backen und fiebrische, feuchtglänzende Augen. Sie sah so sehr häßlich aus, aber irgend etwas zwang sie wohl zu bleiben; denn obgleich sie mehrmals sagte, das könne man gar nicht mit anhören, blieb sie doch, gerade als warte sie darauf, daß noch mehr kommen solle.

Wenn ich übrigens die Augen recht im Kopfe habe, so ist da etwas zwischen ihm und Frau Rosenborg, der dänischen Schauspielerin. Sobald sie ihn sieht, wird sie geradezu schön, während sie sonst leicht ein bißchen alt und krank aussieht. Aber dann hat sie plötzlich den Zauber einer jungen Frau, die schön ist und es weiß, und beim Lachen zeigt sie die ganze Reihe ihrer wundervollen, weißen Zähne.

Dann blühen ihre Wangen. Sie hat rötliches glänzendes Haar und einen geschmeidigen, leichten, graziösen Körper. Weiß oder lila kleidet sie am besten, ein Lila, das nach dem Rosaroten hin geht.

Sie ist immer elegant gekleidet. Gestern aber, weil es regnet, hat sie ein graues Lodenkape umgehängt und kommt damit auf Deck. Ich sitze gerade da und denke, was nun aus der Gioconda werden soll. Dabei sehe ich, wie er Frau Rosenborg eben bemerkt hat und auf sie zugeht. Und wirklich, sie lächelt ihm auch schon entgegen und will gerade die Hand unter dem Kape freimachen, um sie ihm entgegenzustrecken. Aber als er herangekommen ist, sieht er sie nur wie flüchtig an und geht, die Hände auf dem Rücken, an ihr vorüber.

Da bleibt sie ganz erstaunt stehen und ruft: „Nanu — Sie kennen mich wohl gar nicht, wie . . .?"

Und was sagt er? Indem er höflich die Mütze abzieht und sich verbeugt und ihr die Hand küßt, sagt er: „Verzeihen Sie mir gnädige Frau — ich dachte gerade an Sie."

Da geht es wie ein Leuchten über ihre Züge und sie sieht ihn mit einem jener Blicke an, die uns Männer verrückt machen können. Ach, wie heiß es doch sei; und sie wirft mit einem Ruck das Kape von den Schultern und nimmt den Arm, den er ihr anbietet.

In Wahrheit ist es aber gar nicht heiß, sondern es ist kühl und regnet, und sie hat ein leichtes Spitzenkleid an, das der Regen verdirbt.

Den 24. August. Es ist nicht zu begreifen, wie dieser Mensch so ruhig sein kann. Weiß Gott, ich zittere mehr wie er. Ich komme an unsrer Kabine vorbei, sehe die Tür offen und das Bild in dem grauen Packpapier ruhig an die Wand gelehnt. Der Geheimagent braucht nur hineinzugehen und einen Streifen abzureißen, dann kann er ihn auf der Stelle verhaften lassen. Aber dabei sitzt er oben auf Deck bei den

Damen, plaudert als ob nicht das geringste geschehen wäre, als ob es weder Geheimagenten noch was an Bord gebe. Nun, es braucht nicht jeder ein Feigling zu sein wie ich, der ich beinah aufgeschrien hätte, als ich endlich die Apfelsine in der Hand hielt. Aber seine Gelassenheit regt mich doch auf. Bis hierher kann man die Damen zuweilen über seine verdammten Späße lachen hören. Es ist ja, als könne er überhaupt kein ernstes Wort mehr sagen und sei jeder weicheren Empfindung bar. Manchmal glaube ich, dieser Mensch spielt überhaupt mit uns allen, er hält uns alle halbwegs für komische Figuren. Und sich selbst wohl gar auch.

Dabei haben die Damen ihn doch alle miteinander gern. Ernsthaft verlieben würde sich wohl so leicht keine in ihn. Ihr Instinkt sagt ihnen, daß hier nichts zu holen ist. Höchstens könnte Frau Rosenborg ihre wundervolle Neugierde ein wenig gefährlich werden. Einige fürchten ihn ein bißchen, denn es zeigt sich, daß er hinter ihren geheimsten Gedanken her ist. Sogar Frau Rosenborg, die sicherlich die Überlegenste in dem ganzen Kreise ist, hat, wenn sie darüber nachdenkt, oft ein Gefühl, als hätte er immer auf das geantwortet, was sie gedacht hat, aber nicht auf das, was sie gesagt hat. Arrogant, ein wenig arrogant finden ihn alle. Besonders Frau Sturi. Na, wie er die aber auch hat abblitzen lassen. Das war schon vor zwei Tagen:

Er steht wie immer in dem gelben Paletot und der schottischen Mütze auf Deck, hat die Arme auf dem Rücken gekreuzt und blickt ganz starr weit auf das Meer hinaus. Auf einmal kommt Frau Sturi die Treppe herauf, sieht ihn stehen und geht auf ihn zu.

„Sie warten wohl auf jemand," sagt sie, denn es ist 12 Uhr und alle sitzen schon beim Lunch.

Ja, er warte auf jemand. Aber dabei bleibt er, ohne sich umzublicken, die Hände auf dem Rücken, stehen und fährt fort auf das Meer hinauszusehen.

Auf wen er denn warte, alle seien doch schon unten?

Da aber dreht er den Kopf zur Seite, sieht sie fast träumerisch und lächelnd zugleich an und sagt: „Auf mich. Ich warte auf mich. Frau Sturi. Auf mich!"

Frau Sturi erzählte die Sache nachmittags in dem kleinen grünen Teezimmer. Sie war noch ganz empört. Ob das nicht eine maßlose Frechheit sei, eine ganz maßlose Einbildung und Arroganz!

Ja, das fanden sie nun allerdings alle, wenn sie ihm auch nicht gerade so böse sein konnten deswegen.

Nach einer Weile aber, während der alle schwiegen, sagte Fräulein Gabler mit ein wenig schüchterner Stimme: eigentlich brauche das gar nicht arrogant zu sein. Man könne sich doch auch etwas anderes dabei denken. Und dabei sah sie sich etwas scheu unter den Damen um, ob jemand sie vielleicht verstände.

Aber die Damen verstanden sie nicht und fanden, daß es eben nur arrogant sei und nichts darüber.

„Nun, was man sich denn noch anderes dabei denken könne?" frug schließlich Frau Sturi. Aber da wurde Fräulein Gabler verlegen. Sie versuchte sich zu erklären, aber die Worte fehlten ihr und sie wurde sogar ein wenig rot.

Zum Glück nahm Frau Rosenborg sich ihrer an und gab dem Gespräch eine andere Wendung.

Den 25. August. Zum Teufel auch, wie sehr sind unsere jungen Damen zu beneiden! Eine Verbrechergeschichte an Bord, eine Seereise mit dem Diebe der Gioconda! Es flüstert hier und es flüstert dort. Ich sehe ja, daß alle es wissen.

Ha, das ist eine Situation für mich!

Da wird von den gleichgültigsten Dingen gesprochen; alle machen so unschuldige Gesichterchen wie Liebende, die sich eben hinter einem Zaun geküßt und geküßt haben, und denen nun noch die ganze hübsche Geschichte der letzten fünf Minuten auf Haupt und Haar geschrieben steht. Haha, und wenn sie an einem vorbei sind, da geht ein Getuschel, ein Getuschel los und die junge Dame wird sogar noch ein bißchen rot, wenn sie eine gute Kinderstube gehabt hat. Aber gar der junge Mann wie armselig-köstlich sieht er aus mit seinem mutig-schlechten Gewissen und seiner geküßten kleinen Sünde da an der Seite.

Ja, genau so ist es jetzt bei uns. Überall, in jedem Eckchen und jedem Winkel sieht man so ein Pärchen stehen, das leise und ach, mit so neugierig-klugen Augen miteinander tuschelt und flüstert und fragt, bis irgendein Dritter vorbei kommt, von dem man „noch nicht weiß", und der dann nichts weiter zu hören bekommt, als ein unmerklich lauteres: „Ja, es soll mich mal wundern, was daraus wird!" Oder das Meer hat plötzlich „eine so prachtvolle Farbe, wie Smaragd, ja w i e Smaragd". Und man sieht hinaus aufs Meer mit Augen, die sich gar nicht satt sehen können, während die Ohren doch nur dem abnehmenden Schall der vorübergehenden Schritte lauschen. Schon dreimal habe ich heute gehört, daß das Meer „w i e Smaragd" sei. Na, kann etwa nicht jeder an einem Gespräche darüber teilnehmen daß das Meer wie Smaragd sei? Nur das „wie" müßte nicht so stark betont werden, da merkt man ja wohl, daß es gar nicht so sehr auf das Meer ankommt.

Es ist wirklich famos, daß wir so viele junge Frauen an Bord haben. Was bekommt man doch überall für ein prachtvoll verheucheltes Lächeln zu sehen, wenn man irgendwo hinzutritt. Frau Rosenborg muß man sehen; wie prachtvoll lügt sie; was sage ich, vom Kopf bis zu Fuß ist sie plötzlich eine einzige glänzende Lüge. Hände, Haltung, die Lippen, die Mienen, alles an ihr lügt plötzlich, verschweigt, vertuscht, lenkt ab, spielt die große Komödie der Unbefangenheit! Sogar die Augen machen eine ganze Weile diese Komödie mit, bis sie auf einmal aus der Rolle fallen und sagen: Gauner, du alter Schurk, du — weißt du es nun oder weißt du es nicht?

Ha, und wie famos frech lachen einem diese glänzenden Augen ins Gesicht!

Aber um Gottes willen nicht davon sprechen; kein Sterbenswörtchen . . . Nein, das würde ja den ganzen Spaß auf einmal verderben!

Wie ein Lauffeuer hat sich die Geschichte über das ganze Schiff verbreitet. Überall brennt und flackert die rote Neuigkeit; aber niemand weiß natürlich von etwas! Gott bewahre!

Wem verdanken wir diese Neuigkeit? Fräulein Holm, dem reizenden Fräulein Holm. Der Agent war ja gleich verschossen in sie über beide Ohren. Das will nun ein Agent sein!

Fräulein Holm hätte das Geheimnis zu gern für sich behalten. Aber so nah wie sie mit Frau Rosenborg seit drei Tagen befreundet war. Nein, das ging nicht. Aber gleich nachdem sie es gesagt hatte, tat es ihr wieder leid.

Eigentlich wußte man doch gar nicht, ob man sich schon so nahe stand!

Bei Frau Rosenborg war die Sache natürlich ganz anders. Sie sagte kein Sterbenswörtchen — aber wer mit ihr gesprochen hatte, der wußte genug. Frau Rosenborg sagte es nämlich gewissermaßen zwischen den Zeilen und „wenn man wüßte" . . . und „ich weiß nichts". Und bei „ich" zog sie die Schultern hoch und lachte komisch. Den Rest sagten die Augen. Verteufelt freche Augen, ganz verteufelt freche Augen . . .

Aber die Sache ist jetzt die, daß eigentlich niemand recht weiß, wer zu den Eingeweihten gehört und wer nicht. Alle betrachten sich ein wenig mißtrauisch und sehen einander beim Sprechen auf die Lippen, als könnten sie es da erfahren.

Aber welch' ein Leben herrscht doch auf unserem Schiff, seitdem dieses öffentliche Geheimnis die Segel der Neugierde schwellt.

Nur die älteren Damen mit ihren Handarbeitstäschchen und ihren Fußbänkchen, sie unterhalten sich nach wie vor von ihren Siebensachen, von ihren erwachsenen Söhnen und ihren verheirateten Töchtern, und entdecken bei dieser Gelegenheit wohl gar, daß sie miteinander verwandt sind. Oder zu mindesten haben sie gemeinsame Bekannte, die ihnen womöglich bei einer solchen Entdeckung in einem ganz neuen Licht erscheinen.

Aber die Augen auf, meine Damen, die Augen auf! So alt sind Sie denn doch noch nicht, daß es Ihnen nicht später ein ernstlicher Verdruß sein wird, wenn Sie dabei gesessen, dabei gesessen und nichts gemerkt haben!

Sie, gnädige Frau, zum Beispiel, die Sie in Ermangelung eines Besseren eben davon leben, Ihren armen gedemütigten Ehemann es jeden Augenblick empfinden zu lassen, wie sehr Sie ihn wegen des kleinen Seitensprunges mit der ehemaligen Gouvernante ihrer Kinder verachten. Wenn Sie nicht so viel Mühe hätten, ein empfindliches und verachtendes Gesicht zur Schau zu tragen, hätten Sie es doch, weiß Gott, schon merken müssen. Sie sind doch nach der Passagierliste erst 36 Jahre!

Und dann Fräulein Sivers . . . Warum sagen Sie immer, das Leben sei lange nicht so interessant, wie das Theater? Nun, wetten wir, daß später einmal diese Reise das Glanzstück in Ihren glaubwürdigen Memoiren bilden wird? Vergessen Sie ja nicht zu bemerken, daß Sie „gleichsam" — ja gleichsam ist das passende Wort — die erste waren, die alles gemerkt hatte, die sich aber w o h l w e i s l i c h nichts merken ließ und ihre Rolle bis zu Ende glücklich durchführte. Vergessen Sie das nicht!

Also die Augen auf, meine Damen! Noch ist es Zeit, den anderen Schiffsgästen Vorwürfe zu ersparen. Wenn Sie nicht mehr so viel Phantasie aufbringen können, wie Fräulein Sivers, die es „gleichsam zuerst bemerkte", dann wird Ihnen das nach Jahren noch zu schaffen machen! Glauben Sie mir, ich kenne das. Es wurmt einen noch sehr lange, wenn man nichts gemerkt hat — ja, ja!

Ich treffe Frau Rosenborg, die mit Fräulein Holm flüstert.

„Diese prachtvolle Farbe, dieses tiefe Blaugrün" sind die Worte, die für meine Ohren bestimmt sind.

„Sie schwärmen ja ordentlich, Fräulein Holm. Aber Sie haben recht, köstlich, ganz köstlich! . . ."

Einen Augenblick schweige ich und sehe die Damen, die echt verzückt aufs Meer hinaussehen, an. Während ich dann selbst hinausblicke und mich nicht im geringsten daran kehre, wie die Damen verdutzt dreinschauen, sage ich: „ja, diese grünbläuliche Farbe erinnert mich ein wenig an eine gewisse Partie auf dem Bilde von Lionardo — der Gioconda, das Bild wurde doch kürzlich gestohlen."

Die Damen waren baff.

„Es war ein sehr eigentümliches Bild," fahre ich fort — die Damen erholten sich nicht von ihrem Staunen — „ich muß schon sagen, es ist mir wohl verständlich, daß jemand auf den Gedanken kommen konnte es zu stehlen. Wissen Sie, es r e i z t e einen ordentlich dazu. Ich meine dieses Weib, es war doch wie aus Fleisch und Blut. Nicht wahr? Und dieses Lächeln, nächtelang hat es mich verfolgt. Ich sah überhaupt zuletzt nur noch dieses Lächeln. Ich sehe es überall; es kam mir weiß Gott vor, als lächelten alle Frauen so, und das machte mich förmlich rasend. Wenn ich das Bild gestohlen hätte — sehen Sie, jetzt kann ich es Ihnen ja sagen — ich hatte nämlich auch einmal die Absicht, ja, weiß Gott, ich hatte die Absicht, aber ich bin ja viel zu feige dazu — ja, was wollte ich sagen — richtig, ich meine, wenn ich es gestohlen hätte, so hätte ich das Bild getötet — vernichtet, meine ich, erstochen hätte ich es oder verbrannt. Ja!"

All das sog ich mir im Handumdrehen aus den Fingern und das versteinerte Erstaunen der Damen — ich sah, daß beiden der Mund aufstand und sie dabei sehr häßlich aussahen — kam mir dabei vortrefflich zustatten. Es wäre ein leichtes gewesen, sie noch mehr in Erstaunen zu setzen. Einen Augenblick kam mir sogar der Gedanke ihnen zu sagen, daß ich der Dieb wäre. Aber das hätte mir vielleicht den Spaß verdorben.

Ich brach plötzlich ab und wendete mich zu Fräulein Holm, die etwas verlegen lächelte: „Glauben Sie, daß der Dieb Paris verlassen hat?"

„Wieso?" Ihr hilfloses Lächeln wiederholte sich.

„Sehen Sie, das ist ganz ausgeschlossen. Wie gesagt, wenn ich das Bild gestohlen hätte, — ich meine nur so —, so würde ich doch Paris nicht verlassen! Sagen Sie selbst, wo ist man besser aufgehoben als in Paris? Ach, glauben Sie mir, der Dieb hat Paris nicht verlassen. Wegen des schönen Wetters und weil Sie so ein erstauntes Gesicht machen — Fräulein Holm machte rasch mit der Hand eine Bewegung über ihr Gesicht hin — möchte ich geradezu eine Wette darauf eingehen. Wollen Sie?"

„Ich wette dagegen," sagte Fräulein Holm mit einem Blick nach Frau Rosenborg und streckte die Hand aus.

„Nun, und was behaupten Sie? Daß er Paris verlassen hat?"

„Ja — und —"

„Und daß er auf ein Schiff geflüchtet ist?"

Fräulein Holm sah mir fest in die Augen und hielt die Hand noch immer hingestreckt.

„Ha — diese Wette nehme ich an. Ich wette, — nun gut, ich wette 1000 Franken," sagte ich.

„Da wette ich auch," rief plötzlich Frau Rosenborg dazwischen und streckte auch ihrerseits die Hand aus. Der Daumen war etwas nach außen gebogen.

„Auf 1000 Frank?"

„Auf 5000 Frank," sagte sie.

„Auf 5000 Frank? Ich wette auch auf 5000 Frank, aber unter einer Bedingung!"

Ich sah jetzt die Damen gespannt an; dann platzte ich

damit heraus: „Unter der Bedingung, — daß das Bild nicht hier auf dem Schiff gefunden wird! Vielleicht haben Sie es ja selbst gestohlen!"

Ich lachte, als wollte ich dadurch anzeigen, für wie unsinnig ich selbst meinen Einfall hielte.

„Na, das ist doch klar," — wieder lächelte ich so, als ob ich etwas ganz Unsinniges sagte, — „wenn Sie das Bild selbst gestohlen hätten, dann wüßten Sie ja, wo es ist und dann . . . dann wäre es doch gewinnsüchtig von Ihnen, die Wette abzuschließen!"

Ich weidete mich an der Verlegenheit der Damen, die sich gegenseitig hilflos anlächelten.

„Also 5000 Franken." Ich streckte nun meinerseits die Hand aus. Aber die Damen zögerten.

„Bitte — schließlich können Sie es doch annehmen. Auch wenn Sie es gestohlen haben. Sie riskieren doch nichts!"

„Wieso?" Die Damen sahen noch nicht klar.

„Dann bekommt doch niemand etwas. Sie nichts und ich nichts."

„Ja, das ist ja auch wahr," sagte Fräulein Holm und sah dabei Frau Rosenborg mit einer Miene an, die sagte, na, dann können wir es ja eigentlich ganz gut riskieren:

„Also. Top." Wir schlugen zweimal die Hände zusammen und alle lachten wir herzlich.

„Die Wette ist so gut wie gewonnen," rief ich. „Aber ein bißchen verdächtig sind Sie mir jetzt doch. Entschuldigen Sie mich. Ich muß endlich einmal mein Paket auspacken, das ich aus Paris mitgebracht habe. Auf Wiedersehen. Und 5000 Franken! Auf Wiedersehen!"

Hinter meinem Rücken fühlte ich, wie die Damen sich mit sprachlosem Erstaunen ansahen. Erst jetzt kam es ihnen eigentlich recht zum Bewußtsein, was sie getan hatten. Außerdem hielten sie mich jetzt selbst für den Dieb; denn wer es eigentlich sei, darüber war, so viel ich sehen konnte, noch gar nichts bekannt.

Den 26. August. O, ich bereue es keinen Augenblick, mich auf diese Seefahrt eingelassen zu haben! Wir leben ja wie auf einem Vulkan, wie auf einem Pulverfäßchen, das jeden Augenblick losgehen soll.

Welch' ein unterirdisches, heimliches Leben spielt sich doch hier unter uns ab. Fast mit jedem Augenblick wird die Situation gespannter. Einige Damen sind, weiß Gott, schon so ermüdet von diesem beständigen so auf der Lauer liegen, daß sie sich ganz unvorsichtig benehmen. Wenn mein Freund nur halbwegs meine Augen im Kopf hat, so muß er es längst bemerkt haben, daß es ihm an den Kragen gehen soll.

Dieses Hin und Her auf dem Schiff. Diese Nervosität in allen Liege- und Lehnstühlen. Nie waren die Garnröllchen so boshaft, nie die kleinen Nähfutterale so heimtückisch. Überall bleiben sie liegen, fallen hin, rutschen durch, springen aus den Fingern heraus oder verstecken sich irgendwo in allen möglichen bunten Lappen- und Fadenwirrnissen. Und diese unbarmherzige Bearbeitung all der kleinen Fußbänkchen. Was ist denn mit ihnen? Bald stehen sie zu weit vorne, bald zu weit hinten, bald sind sie „überhaupt zu unbequem", fliegen mit einem Schupps zur Seite und gleich werden sie wieder in einer Anwandlung von Reue zurückgeholt und gestreichelt! Haha — wenn man an den Liegestühlen vorbeikommt, wird man ordentlich in Versuchung geführt, die Sprache all dieser wippenden, schaukelnden, schlenkernden Füßchen einmal rund heraus ins Deutsche zu übersetzen! Na, dann würde wohl endlich in die griesgrämigen, stirngerunzelten, großen Stiefel der alten Damen auch ein bißchen Leben kommen. —

Eine famose Entdeckung, eine ganz famose Entdeckung habe ich da im Gespräch mit einer großen brünetten Dame gemacht — ich habe den Namen vergessen.

Sie kommt die Treppe herauf: Ach! Ihre Nähtasche fiel auf

die Stufen. Eine kleine Nickelschere und ein Garnröllchen fielen heraus und polterten die Treppe hinunter.

„Mir kommt vor, all unsere Damen sind in den letzten Tagen so nervös geworden" sage ich und reiche ihr die Sachen zurück.

„Ach, es ist ja aber auch nicht auszuhalten!" Sie schaute ängstlich neugierig nach den Stuhlreihen. „Ist denn schon etwas passiert?"

„Aber was sollte denn passiert sein?"

„Ach, ich weiß ja nicht. Ewig will mein Mann mit mir über unsere geschäftlichen Angelegenheiten sprechen." „Geschäftliche Angelegenheiten" sagte sie sozusagen in Gänsefüßchen, wie um schon jetzt anzudeuten, daß das etwas wäre, was sie nichts anginge. „Ich verstehe ja davon nichts, gar nichts. Ich halte es nicht aus da unten. Ich muß hier oben sein . . . in der freien Luft." Auf ihrem hübschen Gesichtchen war jetzt ein Zug ähnlich dem eines kleinen Schulmädchens, das eine Rechenaufgabe nicht lösen kann und dem die Tränen nahe sind.

„Ja, die freie Luft ist Ihnen auch sicher bekömmlicher als ‚geschäftliche Angelegenheiten'".

Sie lächelte mich freundlich an. Offenbar freute sie sich darüber, daß ich an dieses schnell erfundene Märchen von der „freien Luft" glaubte. Gleich darauf aber, während sie sich wohl wieder ihren Mann bei den „geschäftlichen Angelegenheiten" vorstellte, kam wieder dieser halb erbitterte, halb leidvolle Ausdruck in ihr Gesicht und sie sagte: „Ja, ich glaube alles mögliche könnte passieren, alles mögliche; mein Gott es ist zu schrecklich mit diesen Männern!" Wieder standen ihr beinahe die Tränen in den Augen.

„Kommen Sie, lassen Sie uns von etwas anderem sprechen. Darf ich Ihnen etwas von Ihren Sachen tragen?"

Haha, ich werde nicht den fragwürdigen Blick vergessen, mit dem sie ihre bunten Siebensachen plötzlich an sich hielt.

Ganz leise und vorsichtig-ängstlich sagte sie: „Nein, ich danke . . . ich danke."

Ich ging einige Schritte neben ihr her. Ganz plötzlich sagte ich: „Die Gioconda ist jetzt auf einem Schiff gefunden worden!"

„Bei uns?" rief sie schnell und preßte ihre Siebensachen an die Brust.

Ich tat als bemerkte ich nichts von ihrem auffallenden Erschrecken, blies den Rauch meiner Zigarre vor mich her und sagte, so wie man eine ganz belanglose Sache sagt, nur um überhaupt etwas zu sagen: „Nein, auf einem Dampfer der White Star Line."

Sie war unwillkürlich stehengeblieben und blickte mich jetzt sonderbar an. „Aber es hieß doch — Sie wären (sie verbesserte sich rasch) — ich meine, es hieß doch, das Bild wäre hier bei uns auf dem Schiff?"

„So? Davon habe ich gar nichts gehört."

„Nein? Aber es hieß doch ganz bestimmt, es wäre hier an Bord. Es sollte doch bei jemandem in der Kabine gesehen worden sein. Wir haben doch einen Geheimagenten an Bord. Der hier mit den vielen Ringen. Und dann sind Sie ja wohl gar nicht der Dieb?"

„Wie? Was sagen Sie? Ich, der Dieb? Zum Teufel auch, wer hat das gesagt?"

„Alle haben es gesagt."

„Alle haben es gesagt? So? dann entschuldigen Sie mich einen Augenblick! Mein Gott, das versetzt mich in eine begreifliche Begeisterung." Ich ließ Frau . . . Gott, wie hieß sie doch . . . richtig, Frau Sanden stehen, lief in meine Kabine, trommelte mit den Fäusten an die Wand und sang dazu: „Ha, sie halten mich für den Dieb, hallo. Das ist famos. Gut, ich werde meine Rolle spielen. Das ist etwas für mich, einen Dieb zu s p i e l e n , haha, das werde ich können, wenn ich auch selber nicht imstande bin, auf anständige Art und Weise eine Apfelsine zu stehlen. Ein Dieb, — famos, ich bin ein Dieb; der Dieb der Gioconda . . . ich werde meine Rolle schon durchführen . . . sie steht mir ja famos diese Rolle . . .“

Mein Gott, mein Gott, was ist mit mir geschehen, ist das der Anfang des Wahnsinns, bin ich irrsinnig geworden? Was geht mit mir vor? Habe ich mich in einen anderen Menschen verwandelt? Bin ich der Dieb des Bildes? Was ist mit meiner Hand, meinen Augen, meinem Körper? Bin ich das noch, der ich hier aus dieser Türe vor einigen Stunden herausgetreten bin? Sind das noch meine Füße, die mich bis an die Treppe geführt haben, wo ich plötzlich ihm begegnete und wo plötzlich diese furchtbare Veränderung mit mir vorging?

Mein Gott, mein Gott, was ist mit mir geschehen? Habe ich mich nicht hier noch vor kurzem vorbereitet, die Rolle des Diebes zu spielen und jetzt, und jetzt — o, mein Gott — mir wird elend und angst, wenn ich daran denke — jetzt bin ich womöglich der Dieb selbst? . . .

Ich will alle meine Kraft — o ich fühle, mir bleibt kaum mehr so viel übrig, überhaupt das Leben zu ertragen — ich bin ja irrsinnig oder ich beginne es zu werden — mein Körper gehört nicht mehr mir, meine Stimme, welch’ eine Stimme kommt aus meiner Kehle — sind das noch meine Hände — ist das meine Haut, dieses dünne eidechsenartige Gewebe auf meinen Fingern? O der Ekel befällt mich, ich muß — hilf mir mein Gott, nein, nein, ich bin nicht der Dieb, nein, ich habe nicht gestohlen, so wahr ich lebe, ich . . .

— — — — —

(Zwei Stunden später.) Ich will alle Kraft zusammennehmen und das Entsetzliche aufschreiben, vielleicht findet man es nach meinem Tode. Dann wird man sehen können, wie unschuldig ich bin; daß ich nicht das geringste begangen habe, was unrecht ist. Ja, ich will versuchen, mich selbst zu verteidigen, m i c h g e g e n m i c h s e l b s t zu verteidigen. —

Als ich von dem Gespräch mit Frau Sanden in meine Kabine kam, überlegte ich mir, wie ich den Agenten und die Damen und alle Schiffsgäste zum besten halten könnte. Ich wollte mich recht auffallend betragen; wenn noch irgend etwas an ihrer Überzeugung fehlte, daß ich der Dieb sei, so wollte ich es hinzutun. Ich wurde ganz warm bei diesem Gedanken. Ich sah, ich fühlte alle Blicke auf mir; alle sah ich umherstehen und flüstern und überall, wo ich in Gedanken vorbeiging, ließ ich eine Äußerung fallen, machte ich eine eigentümliche Geste, die mich als den Dieb verraten und charakterisieren sollte. Fast ohne daß ich es wußte, verließ ich meine Kabine, ging den Gang hinunter und wollte eben die Treppe emporsteigen, als der Gelbe mir entgegenkam. Er trug etwas Schimmerndes in der Hand, was ich gleich erkannte.

„Ha, da sind Sie?" Zufällig gebrauchten wir genau dieselben Worte und sprachen sie auf die Sekunde gleichzeitig aus.

„Was haben Sie denn da? Ein altes Schlachtschwert. Wollen Sie jemanden hinrichten?" Er hatte in der Tat ein großes, mittelalterliches Schwert in der Hand, an dem einige Goldketten herabhingen. Er drängte mir das Schwert in die Hand und indem ich es wog, fühlte ich, daß es sehr schwer war.

„Ich wollte eben zu Ihnen kommen, um es Ihnen zu zeigen. Sie verstehen doch offenbar etwas von Waffen?"

Die Frage kam mir so eigentümlich vor, daß ich unwillkürlich in seine Augen blickte, und zum ersten Mal fielen mir diese Augen auf, die seltsam grünlich waren, wie die einer schwarzen Katze. Ich wunderte mich im stillen, daß ich dieses auffallende Merkmal sonst noch nie an ihm wahrgenommen, ja daß ich eigentlich seine Augen überhaupt noch nicht gesehen hatte.

Als ich ihm jetzt antwortete, fiel es mir auf, wie eigentümlich schüchtern und zitternd meine Stimme klang, ähnlich fast wie die eines Menschen, der ein schlechtes Gewissen hat und fürchtet, daß sein Lügen durchschaut wird.

„Ich soll etwas von Waffen verstehen? Wer hat das gesagt?"

„Aber nun verstellen Sie sich doch nicht."

„Ich verstelle mich doch gar nicht . . ."

„Aber, aber! . . . Jedermann weiß, daß Sie einer unserer besten Kenner mittelalterlicher Waffen sind . . ."

Wieder antwortete ich mit derselben leisen schüchternen Stimme: „Ich ein Kenner? . . ." Fragend sah ich in seine eigentümlich grünschillernden Augen. „Für wen halten Sie mich denn? Ich bin . . ."

Aber er ließ mich nicht ausreden, sondern fiel mir ins Wort und sagte, während mein Erstaunen ins Maßlose wuchs und es mir fast unheimlich wurde:

„Ich halte Sie für den Herrn, der vor kurzem so glücklich war, in Paris bei dem Kunsthändler Duval den berühmten Dolch aus rötlichem toledanischen Stahl zu kaufen. Sind Sie dieser Herr oder sind Sie es nicht?"

Und jetzt geschah etwas, was ich nie für möglich gehalten hätte und was mir bis zu meinem Tode rätselhaft bleiben wird. Man hätte doch glauben sollen, daß ich diesem Ansinnen, den Dolch bei Herrn Duval gekauft zu haben, aufs lebhafteste widersprochen hätte. Aber jetzt war es mir plötzlich, als ob sich in meinem Inneren etwas umwandte — ganz deutlich hatte ich dies Gefühl, als kehre sich etwas Dunkles plötzlich in mir ins Licht — und laut und vernehmlich hörte ich wie meine Stimme sagte: „J a , d e r b i n i c h." Und in demselben Moment als ich dieses zugab, da wußte ich auch, daß es sich bei dieser so unscheinbar klingenden Frage eigentlich gar nicht um den Dolch, sondern um das Bild, um das Bild der Gioconda handelte, daß die Frage: Haben sie den Dolch bei Herrn Duval gekauft? nicht mehr und nicht weniger bedeutete als: Haben Sie die Gioconda aus dem Louvre geraubt?

Und irgendeine fremde, unsichtbare Macht zwang mich, ohne daß ich selbst begriff wie, es zuzugeben, ja dazu zu sagen, als sei es das Selbstverständlichste von der Welt.

Ich hatte doch mit meinen eigenen Augen gesehen, wie er selbst in den Laden getreten war und die Hand auf den Drücker gelegt hatte. Ich hatte doch gesehen, wie er als Erzbischof verkleidet vor Herrn Duval gestanden hatte und plötzlich den Mantel, der mit brennend roter Seide gefüttert war, zurückschlug und den Dolch in der Hand hielt. Ich hätte es also mit dem besten Gewissen beschwören können, daß er selbst es war, der den Dolch gekauft hatte.

In seinen Augen aber, diesen, wie mir jetzt immer mehr schien, irisierend grünen Augen einer schwarzen Katze, sah ich ganz deutlich im selben Augenblick den Triumpf höhnischer Befriedigung darüber aufleuchten, die ganze Last und die Verantwortung für diesen frechen unerhörten Diebstahl auf mich abgewälzt zu haben.

All das war nur die Empfindung eines Augenblicks, und ein Vorübergehender hätte nichts gesehen als eine Gestalt in einem auffallend gelben Mantel und einer großen Reisemütze, und einen andern Herrn, der sich fachkundig über ein altes Schwert beugte. Nichts war sonst zu sehen. Aber was spielte sich unterdessen und während der nächsten Augenblicke in meinem Innern ab! Alles an mir kam mir plötzlich fremd vor. Ich betrachtete mit Entsetzen meine eigenen Hände, wie sie mit nie gesehenen Bewegungen über das Metall hin und her fuhren und es befühlten. Waren dies noch meine Hände, sind dies meine Hände, diese langen dünnen gelblichen Finger, die wie mit einer feinen Eidechsenhaut überzogen sind? Während ich gebeugt über das Schwert stand, ließ ich meinen Blick über meinen Körper, meine Beine, meine Füße laufen. Das Blut pochte mir in den Schläfen — auch mein Körper kam mir plötzlich fremd und unbekannt vor, nicht wie ein Teil meiner selbst, sondern wie ein Tisch, ein Stuhl, wie eine Sache, die man angreifen kann und die hart und gefühllos ist. Wie aber erschrak ich erst, als ich plötzlich meine Zunge in meinem Gaumen sich wie den Klöppel einer Glocke bewegen fühlte, als sich meine Lippen feuchtkalt aufeinanderlegten und als eine fremde Stimme, eine nie gehörte, grauenhafte Stimme aus meinem Munde erscholl und Dinge sagte, von denen meine Seele nicht das geringste wußte oder auch nur ahnte.

Entsetzt hörte ich diesen Erklärungen zu, während ich die Worte wie würfelartige Holzklötze auf meiner Zunge fühlte: „Es dürfte eine augsburgische Arbeit sein. Im germanischen Museum in der fränkischen Waffensammlung befindet sich wohl ein Geschwisterstück zu dem Ihrigen, einfacher, nicht so reich ziseliert an der Schneide, aber von derselben Art. Hier hat das Metall übrigens einen Sprung."
Ich sah wie mein eigener Finger auf eine Stelle des Griffs deutete, wo in der Tat ein ganz feiner, haardünner Sprung im Metall zu sehen war.

Und während ich jetzt meinem deutenden Finger über dem Metall folgte, während ich noch diese mir Grauen erregende Stimme aus mir hervordringen hörte, hatte ich plötzlich jenes seltsame Gefühl, das vielleicht jeder Mensch in seinem Leben empfunden hat — ich hatte eine Art traumhaften, aber doch klaren Gefühls, als hätte ich eben dieselbe Szene, genau wie sie sich jetzt abspielte, schon vor vielen Jahren einmal erlebt.

— — — — —

Ich erwachte wie von einer Betäubung. Noch immer stand ich an der Treppe. Ich hielt das Schwert in den Händen. Alle meine Sinne waren gespannt und lauschten auf die Schritte und Stimmen, die über mir hörbar waren. Mir war als hätte sich die Schärfe meines Gehörs verdoppelt, deutlich unterschied ich jeden einzelnen Laut, jede einzelne Stimme, deutlich verstand ich was sie sagten und worüber sie lachten. Frau Rosenborgs Gelächter erhob sich wie eine Rakete flackernd über das Gewirr dunkler und hellerer Stimmen. Im Tonfall einer sonoren Stimme, die in Begleitung einer scharfen, eckigen erklang und mit ihr wechselte, vernahm ich mehrmals das Wort Gioconda. Bei dem Wort Louvre erreichte die sonore Stimme jedesmal ihren tiefsten Ton.

Plötzlich aber hatte ich ein Gefühl ganz ähnlich dem, wenn man aus einem sonderbar fesselnden Traum erwacht. Wie man wohl von dem Wunsch beseelt ist, die Erscheinung eines Traumes noch zurückzuhalten, zurückzurufen, wenn man zu einer quälenden sorgenvollen Wirklichkeit, der man entfliehen möchte, erwacht ist, — so hatte auch ich den Wunsch, etwas Entfliehendes zurückzuhalten und unwillkürlich machte ich mit der Hand eine greifende Bewegung vorwärts, wie um etwas festzuhalten. Im selben Augenblick aber fühlte ich wieder, daß dieses nicht meine Hand war und wie mit einem elektrischen Schlage durchzuckte mich ein unnennbares Gefühl des Grauens und Entsetzens. Ich stürzte in meine Kabine. Ich lief; und doch war es mir nicht als liefe ich, sondern als liefe ein anderer an meiner Stelle, mit einem mir fremden, unregelmäßigen Gang. Dann befühlte ich mich, befühlte mit meinen eidechsenhäutigen Händen meinen Körper, meinen Kopf, meine Haare. Und ich fühlte nicht mich, — ich fühlte einen andern. Nur die, die wissen, was sich hinter Worten verbergen kann, können mich vielleicht verstehen, wenn ich sage: ich fühlte meinen Bruder. Ich fühlte ein kurzes, trockenes, struppiges Haar, ein flaches, knöchernes Ohr, schmale, dünne, runzlige Lippen. Und die Bewegungen von diesem mir fremden Körper, von dem mir meine Augen zwar sagten, daß es der meinige sei, empfand ich nur so wie man

74

die Bewegung eines unter einer Decke verborgenen Tieres bei aufgelegter Hand wahrnimmt.

O mein Gott, mein Gott, was ist mir geschehen! Was ist das? Alle meine Gebärden gehören nicht mir, ich habe eine fremde Stimme, ich lache ein fremdes Lachen, ich gehe einen fremden Gang, welche Bewegungen mache ich? . . . ich bin hilflos wie ein Kind . . . ein Körper umgibt mich, ein fremder Körper, fremde Hände, fremde Arme, fremde Augen . . . o mein Gott, mein Gott, i c h   l e b e   n o c h ,   a b e r   i c h   b i n   n i c h t   m e h r !

— — — — —

Kann sich jemand eine Vorstellung machen von dem, was ich empfinde! Wer ist je in einer so furchtbaren Lage gewesen! Früher habe ich zuweilen etwas ganz entfernt Ähnliches empfunden, wenn ich plötzlich für den Bruchteil einer Sekunde, vielleicht in meiner Bewegung, im Tonfall meiner Stimme, in meinen Augen eine Ähnlichkeit, eine Gleichheit mit einer mir bekannten Person bemerkte. Und das Unbehagen, das sich bei diesem flüchtigen Bemerken einstellte, war stets um so größer, je näher ich mit jenem Menschen verwandt war, dessen Miene oder Haltung ich plötzlich an mir wahrzunehmen glaubte. So erinnere ich mich deutlich, wie grauenhaft mir eines Tages meine Schwester erschien, als ich plötzlich ihre Blicke in meinen Augen fühlte, und ein ausgesprochenes Ekelgefühl hatte ich auch als ich — deutlich steht mir noch der Ort vor Augen — beim Heraustreten aus einem Hamburger Hotel die Ganghaltung und Bewegung meines vor Jahren verstorbenen Bruders an mir wahrnahm. Nur Menschen, die je etwas Ähnliches empfunden — aber mir kommt vor, alle müßten es gefühlt haben — werden sich in meine Lage versetzen, werden mir dieses entsetzliche bittere Unlustgefühl, diesen physischen und zugleich körperlichen Ekel vor mir selbst von ferne nachfühlen können.

Ich fühlte oftmals, wie ich daran war, das Bewußtsein zu verlieren. Es kamen Augenblicke der Erleichterung, sogar des Vergessens. Aber immer wieder und jedesmal furchtbarer kehrte mir das Bewußtsein meines entsetzlichen Zustandes zurück.

Ich hätte schreien wollen, aber die Angst vor der entsetzlich grauenvollen Stimme, die ich aus meinem Munde hatte kommen hören, drückte mir die Kehle zu. Ich preßte die Hände vor meinen Mund und stieß klagende, winselnde Töne aus. Ich lag auf dem Boden, denn ich hatte ein Gefühl, als müßte ich mich tief im Innersten der Erde verstecken und begraben. Der physische Abscheu vor diesem fremden, schwitzenden, behaarten Körper, der mich umgab wie eine klebrige, widerliche Masse, nahm eher zu, als daß er nachließ. Und zu diesem unbeschreiblichen Gefühl des Abscheus gesellte sich nach einiger Zeit noch ein psychischer Schmerz, der mich fast durchbohrte und an die Grenze des Wahnsinns trieb. Ganz plötzlich empfand ich es nämlich mit aller Deutlichkeit, oder es war mir wenigstens so, — als hätte ich es selbst in der Hand gehabt, diesem furchtbaren Schicksal zu entgehen. Hätte ich die Kraft gehabt, jene einfältige Frage nach der Herkunft jenes Schwertes, das ich doch weiß Gott nie gesehen hatte, zurückzuweisen — nichts hätte mir geschehen können. Ich habe mich selbst ins Unglück gestürzt. Jetzt machte mein Inneres jene furchtbar schmerzvollen Anstrengungen, etwas Geschehenes wieder ungeschehen zu machen. Ich bog mich weit zurück, nach hinten, gerade als hätte ich dadurch ein Stück Zeit, das schon vergangen war, noch einmal einbringen, noch einmal durchleben können. Das so furchtbar niederschmetternde Gefühl des Unwiederbringlichen warf mich gänzlich darnieder. Aber immer wieder, mit immer erneuter Hoffnungsangst, stellte ich mir wohl hundertmal jene Szene vor: wie er jetzt die Treppe herabkam, jetzt sprach er mich an, hielt mir das

Schwert entgegen, jetzt frug er und jetzt — — so sehr ich mich auch innerlich sträubte und wehrte, tierische wilde Verzweiflungslaute entrangen sich meiner Kehle, — ich konnte und konnte nicht Herr dieser fremden Gewalt werden, die mich nur durch den Tonfall ihrer Stimme mir selbst entriß und mir mit einem fremden Willen einen fremden Körper aufdrang. Trotz meiner Angst, meiner Verzweiflung, die mir die ganze Erinnerung an die furchtbare Szene wieder erregte, trotz alledem fühlte ich doch, daß ich im gleichen Falle genau wieder so handeln würde, und daß, was geschehen war, hatte geschehen müssen.

Von dieser Einsicht ging zunächst eine — o, welch ein Hohn steckt in diesem Worte — Erleichterung für mich aus. Aber als sich dann meine Gedanken wieder zu ordnen begannen, als jene Anfälle des Sichwiedererinnerns aufhörten, da empfand ich mit ungeahnter Heftigkeit die ganze Hohlheit, die ganze entsetzliche Leere meines Daseins und dieses Gefühl gepaart mit dem noch viel entsetzlicheren Abscheu und Ekel vor mir selbst gab mir den Wunsch ein, mich von der schmutzigen Hülle dieses Körpers und dem Grauen dieses Daseins zu befreien. Ein Gefühl des Hasses, ganz wie das gegen einen fremden Menschen, ergriff mich.

Ich fühlte eine tiefe Befriedigung bei dem Gedanken, daß ich diesen Körper gewaltsam vernichten und mich auf diese Weise auf ewig von ihm befreien konnte. Ich riegelte die Türe und riß förmlich in Wut den Revolver mit den Patronen aus der Handtasche. Es hätte mir Freude gemacht, diesen Körper Stück für Stück zu vernichten. Mit dem ersten Schuß durchschoß ich meine Hand; ich lachte laut auf vor innerster Befriedigung, als ich das rote Blut aus dem winzig kleinen Loch des Handtellers hervorfließen sah. Dann legte ich die kühle, kreisrunde Öffnung des Revolvers an meine heiße Schläfe und drückte ab. Ich verspürte einen leichten Stoß, aber da ich noch Kraft in meinem Arm fühlte, schoß ich noch ein zweites Mal, wieder die Revolvermündung dicht an der Schläfe. Ich erwartete, daß ich taumeln, daß ich umstürzen werde — aber nichts dergleichen geschah. Ich befühlte mit der Hand meine Schläfe — sie war blutüberströmt und das rote Blut rann über die Backe, über den Anzug an mir herunter. Aber ich hatte mich nicht getötet . . . Und nach einigen qualvollen Augenblicken hatte ich die Gewißheit: Ich v e r m o c h t e nicht, mich zu töten . . . .

— — — — —

Ich erwachte und lag auf meinem Bett. An der Dämmerung, die in der Kabine herrschte, sah ich, daß es Abend war. Ich suchte mich zu erinnern und richtete mich auf. Hatte ich geträumt? Die schwache Regung der Hoffnung, die in mir aufstieg, wurde sofort durch die deutlich erkannte Gewißheit, daß es kein Traum, daß es Wirklichkeit war, zerstört. Fühlte ich denn nicht wieder diesen klebrigen, schleimigen Körper um mich, fühlte ich nicht meine wahren Bewegungen, meine Augen, meine Mienen, wie hinter einer dumpfen heißen Maske, die mir den Atem benahm?

Plötzlich bemerkte ich, daß ich nicht allein in der Kabine war.

In der Dunkelheit neben dem helleren Fenster, durch das der Abend hereinsah, erblickte ich den Kopf und die Schultern einer seltsam fremden Gestalt. Sie wandte mir jetzt ihr Profil zu und schien unverwandt auf einen Punkt zu starren. Nur verschwommen und undeutlich konnte ich die Züge und den Ausdruck des Gesichts wahrnehmen.

„Ist jemand da?" fragte ich halblaut und langsam.

Keine Antwort. Die Gestalt beharrte unbeweglich in ihrer Stellung; nur war es mir einen Augenblick, als sähe ich sie deutlich die Lippen bewegen, öffnen und wieder schließen. Aber kein Laut war hörbar.

Wenn ich jetzt an jenen Augenblick zurückdenke, frage ich mich, warum mich gleich bei der Entdeckung dieses

Fremden ein neuer Schrecken befiel, ein Schreck, der nichts gemein hatte etwa mit der Furcht vor einem Eindringling. Nein, sobald ich das schattenhafte Wesen neben dem Fenster erblickte, wußte ich auch in meinem innersten Innern, mit einer Sicherheit, die nicht den geringsten Zweifel zuließ, daß dieser Mensch, er sei, wer er sei, in irgend einem Zusammenhange mit meiner schrecklichen Lage stand. Die Furcht vor einer neuen grauenhaften Entdeckung ließ mich erbeben, durchrüttelte mich kalt wie ein Fiebersturm. Meine Phantasie war so bis zum Äußersten gereizt, daß sie nichts mehr für unmöglich hielt. Ich hätte mich nicht gewundert, wenn ich den Mond, der schon einen schwachen gelblichen Streifen auf den Boden meiner Kabine legte, krachend vom Firmament hätte herabstürzen und sich in den grau verdampfenden Fluten des Weltmeeres wie in einem ungeheuren dunklen Wolfsrachen hätte begraben sehen. Nichts, nichts hätte mich jetzt gewundert! Ich hätte den Riegel von meiner Tür springen, ich hätte sie von unsichtbaren Händen sich öffnen und schließen sehen können und das wäre mir nicht unnatürlich, nicht rätselhaft erschienen, denn ich selbst hatte Rätselhafteres erlebt, w u ß t e ja auch, daß ich noch viel Unerhörteres in den nächsten Augenblicken erleben würde . . .

Als ich die fremde Gestalt im Dunkel zum zweiten Male anrief, geschah es mit kaum hörbarer, flüsternder Stimme, nicht lauter wie das Knistern von Seide. Und wieder war es mir, als sähe ich die Lippen sich stumm bewegen; aber nichts war zu hören.

Ich wagte meine Frage nicht zum dritten Mal zu wiederholen. Starr, bald von Glut geschüttelt, bald von kaltem Schauer überkrochen, blieb ich bewegungslos und halb aufgerichtet auf meinem Arm gestützt und starrte die Erscheinung an.

Plötzlich fühlte ich eine Helligkeit über mein Gesicht gleiten. Es war der Mond, der bei einer Wendung des

Schiffes jetzt in den Ausschnitt des Fensters trat. Im selben Augenblick erkannte ich aber auch deutlich das Antlitz der fremden Gestalt, die neben dem Fenster stand. Der Mond beleuchtete auch sie. Ich sprang von dem Bett auf und drehte hastig das elektrische Licht an. Der Raum war taghell erleuchtet — niemand war zu sehen.

Mit heimlichem Grauen sah ich nach der Stelle, wo ich noch vor Sekunden die Gestalt erblickt hatte. Auf der graugelben Tapete kroch eine Fliege. Es war totenstill und nichts rührte sich. Ich hörte nur wie mein Atem ging und wie meine Brust sich hob und senkte, sich hob und senkte. Ich stand da und starrte nach dem goldgerahmten Spiegel in der Ecke, an dem wie immer meine Mütze hing.

Aber einen Augenblick später durchzuckte mich ein furchtbarer Gedanke! Mit einem Sprung stand ich vor dem Spiegel — die gräßlichste Ahnung der letzten Sekunde sah ich erfüllt. In der Scheibe des Spiegels gewahrte ich eben dieselbe Gestalt, dasselbe Antlitz, dieselben seltsamen Augen, die mich eben noch als die eines Fremden mit Grauen und Schreck erfüllt hatten. Das bräunliche Antlitz eines fremden Mannes starrte mich mit irisierend grünlichen Augen als mein eigenes Antlitz an. Und während ich mich mit beiden Händen an dem Spiegel festhielt, um nicht zu fallen, war es mir, als hätte ich dieses Antlitz schon gekannt seit langen Jahren . . . seit langen Jahren . . . .

— — — —

Man hat es oft beobachtet, daß eine plötzlich den Menschen befallende Furcht oder ein Schrecken ihn für einige Zeit des Verstandes beraubt. Der menschliche Geist hat, wie jeder Körper, nur eine ganz bestimmte Elastizität; er ist nicht fähig, die allergewaltsamsten Veränderungen augenblicklich zu begreifen, und nach dem Gesetz der psychischen Reaktion tritt sehr oft nach dem ersten furchtbaren Erschrecken eine völlige Blindheit des Geistes ein, ein völliges Vergessen. So hat man Mütter, deren Kinder in einem Brande umgekommen und vor ihren Augen verbrannt waren, wenige Augenblicke nachher, ihre eben unterbrochene Tätigkeit wieder aufnehmen sehen, ja sogar heiter und sorglos lachen hören.

Auch an mir konnte ich jetzt einen ähnlichen Zustand feststellen. Nachdem das erste unheimliche Grauen meinen Verstand bis an die Grenze des Wahnsinns gebracht hatte, betrachtete ich das Gesicht im Spiegel mit einer Art einfältig-kindischer Neugier. Ich sah es hilflos grinsen — und ich grinste wieder. Eine Hand streckte sich gegen mich aus — auch ich hob meine Hand. Und plötzlich, ganz auf die Stufe des Säuglings zurückgedrängt, versuchte ich mit meinem ausgestreckten Finger das Bild zu berühren. Mein Geist mußte wohl eben daran sein, sich von dem ersten furchtbaren Schrecken zu erholen; denn jetzt packte mich ein neues Entsetzen, als ich sah wie der Spiegel sich unter dem Druck meiner fremden Hand in eine gallertartige, schlammig-graue Masse verwandelte, und ich in dem eingebildeten Raum hinter dem Spiegel einen harten Körper berührte, — mein eigenes Antlitz!

Und obgleich dieses Antlitz zu leben schien, obgleich ich die belebten Lippen, den feuchten Augapfel, die atmende Haut mit meinen Augen wahrnahm, so fühlte meine Hand an der Spitze ihres langen, dünnen gelblichen Fingers nur einen kühlen, metallisch-harten Körper und im gleichen Augenblick verspürte ich auf meiner Zunge den scharfen, intensiven Geschmack von bitterem Messing . . .

— — — — —

Ich vernahm plötzlich ein ungeheures Brausen wie von rollenden Rädern und öffnete die Tür. Draußen erblickte ich eine große Menge hin und her laufender Menschen, ohne daß ich irgend ein Gesicht deutlich hätte erkennen und sehen können. Mir war als könne ich den Kopf nicht bewegen und nicht in die Höhe heben. Ich eilte auf den dunklen Gang hinaus und bemerkte dort vor mir einen

Herrn mit einem ungewöhnlich verzwickten Gang. Ich folgte ihm. Wir gingen bald links in einen Seitengang, bald rechts, bald stiegen wir eine enge Treppe hinauf, bald durchschritten wir einen Saal, in dem lauter Frauenbildnisse hingen, bald kamen wir wieder durch einen Gang, der immer enger und enger wurde, daß wir uns kaum mehr durchzwängen konnten. Endlich gelangten wir in eine ungeheuer große Halle, in der ein trübes violettes Licht herrschte, das irgendwo von oben hereinfiel. Mitten durch die Halle führte ein endlos langer Gang, der mit schwarzgelben quadratischen Platten belegt war. Es war eine ungeheure Einsamkeit und Öde um uns, wie auf einem winterlichen Feld, fern von allem Leben. In weiter Ferne sah man etwas Schwarzes sich nähern und bewegen. Obgleich es kaum größer war wie ein dunkler Punkt, so hatte man doch deutlich die Vorstellung von jemandem, der in einem flatternden Mantel heftig gegen den Wind kämpft. Stunden und Stunden schienen zu verrinnen, immer sahen wir den Mantel auf dem Wege flattern und wehen, aber nur ganz langsam und unmerklich schien sich die Gestalt uns zu nähern. Ganz plötzlich sah ich dann, was mir vorher entgangen war, daß die Halle von ungeheuer hohen, grauen Säulen getragen wurde, die wie mächtige Schäfte aus dem Boden herauswuchsen. Kaum hatte ich das bemerkt, als hinter der nächsten breiten Säule, kaum zehn Schritte von mir, unhörbar eine Frauengestalt hervor trat, in einem fließend dunkelgrünen Sammetkleid, das den Hals frei ließ und von einem silbernen Gürtel umspannt war. Die Frau lächelte eigentümlich und schritt langsam auf mich zu. Mit jedem Schritt aber schien sie zu wachsen und ihr Antlitz wurde größer und größer. Sie hatte die Hände leicht übereinandergelegt; ihre Augen und Lippen lächelten; das offene Haar fiel über die Schultern und den freien Hals mit dem Brustansatz. Plötzlich wurde es mir klar, daß es keine Frau war, sondern nur ein Bild gewöhnlicher Größe in einem dunklen Rahmen, der gegen eine der grauen Säulen gelehnt stand. Gleich darauf hörte ich hinter mir Schritte von vielen Menschen erklingen. Ich sah, daß ich mich in einer Kirche befand. Als ich mich umdrehte, gewahrte ich in einer seltsam in dunkle, traurige Trachten gekleideten Menschenmenge, die sich vollkommen stumm verhielt, den Mann mit dem flatternden Mantel. Er trug einen altertümlich spitzen schwarzen holländischen Hut, wie er im siebzehnten Jahrhundert Mode war. Er ging an der Seite einer großen schlanken Dame, die mir den Rücken zuwandte und nach dem Ausgang zuschritt. Plötzlich aber sah sie an dem spitzen schwarzen Hut ihres Begleiters zu mir herüber, lächelte mir zu und winkte mit der Hand. Ich warf einen Blick nach der Säule — das Bild war verschwunden . . .

— — — — —

Als ich erwachte, fand ich mich stehend, die halbgeöffnete Tür der Kabine in der Hand. Ich konnte den Gang übersehen, auf dem ein seltsames Licht herrschte, obgleich es dunkel war. Auf einmal sah ich einen schwachen, phantastisch aussehenden Schatten über die Dielen fallen und gleich darauf bemerkte ich den Gelben, der mit seinem hastigen, verzwickten Gang, ohne mich zu bemerken, ein großes, graues Paket unter dem Arm, an mir vorübereilte.

Lautlos schlich ich ihm nach.

Wir kamen auf Deck.

Der Mond war spät aufgegangen und übergoß das grünliche Meer mit einem seltsam fahlen, frühen Licht.

Das Schiff lag ganz still und man hörte nur die tiefen Atemzüge der Schlafenden.

Er lehnte das Bild gegen den Reling und mit heftigen Griffen riß er das graue Papier ab.

Das Licht des Mondes bestrahlte voll das Antlitz der Gioconda.

Er umwand das Bild mit einem der am Boden liegenden Taue, beschwerte es mit einem Eisengewicht, hob es über die Reling empor und ließ es hinab.

Die Wasser kamen und nahmen es auf.

Er beugte sich weit über das Geländer, hielt das Tau fest und sah dem versinkenden Bilde nach . . .

Da — im letzten Augenblicke — geschah etwas höchst Wunderbares und Rätselhaftes.

Das Bild wandte sich eben noch einmal empor und durch das blaugrüne Wasser sah man deutlich das lächelnde Antlitz. Plötzlich war es, als begännen die Konturen des Bildes leise zu zittern, als zuckte es lebendig um diese lächelnden Lippen und jetzt erhoben sich diese schrecklichen Hände und streckten sich empor, empor, uns zu berühren.

Mit einem Ruck warf er das Tau hinaus. Im selben Augenblick aber sprang aus seiner Brusttasche ein langer rötlicher Dolch, klirrte auf, zischte wie ein Pfeil ins Wasser und heftete wie ein Kreuzesnagel die sich erhebenden Hände auf der Tafel wieder fest . . .

Wie ein Schatten verschwand das Bild in der Tiefe.

Zwischen den blaugrünen Wellen stieg ein dünner Blutstrahl empor . . .

Paul Leppin

Severins Gang in die Finsternis

Ein Prager Gespensterroman

Mit Umschlagzeichnung von Richard Teschner
Geheftet 2 Mark. In Halbleinenband 3 Mark

Dieses Buch, das von der Wirrsal und Verderbnis einer von innern Geschehnissen grausam geängstigten Knabenseele erzählt, rechtfertigt in mehr als einer Beziehung den Titel „Gespensterroman".

Seine Kapitel sind mit einem ungeheuern, unfaßbaren Schrecken angestellt, der die Geburt, die Reise und die Vollendung eines Schicksals einkreist, das aus dunklen und schlimmen Verstecken quillt. Aus den Gesichten einer verirrten und gestörten Kindheit lösen sich rätselhafte Gefahren los, abgefeimte Gedanken wachsen im Zwielichte, und der Tod wird zum grotesken, verführerischen Spiel eines an der eigenen Unrast verzweifelnden Mörders. Es ist ein guter und klug psychologischer Zug, daß der Autor seinen Helden nicht an der Wirklichkeit seiner neurasthenischen Träume, sondern an einer würdelosen Leidenschaft zugrunde gehen läßt, die seine von ratloser Sehnsucht verheerten Sinnen mit allen Qualen der Hölle gepeinigt.

Dieser Roman, der eine bunte Folge wunderlicher Ereignisse und phantastisch beleuchtender Figuren vor uns abrollt, ist ein Kulturdokument von originellem Reiz. Das alte Prag mit der barocken Romantik seiner Fassaden steigt darin auf, das seinen Mystizismus auch in der veränderten Landschaft moderner Straßen und Plätze und in der einförmigen Physiognomie der Vorstädte bewahrt. Die bewegliche Mischung deutscher, indischer und slavischer Elemente findet sich hier unter einem gemeinsamen Firnis zu einem Gärungsstoffe zusammen, der absonderlichen Prozessen unterworfen ist. Es ist eine merkwürdige Gesellschaft, in die uns der Dichter einführt. Entwurzelte,

86

die sich vom Leben treiben lassen. Philosophen, die es mit einem Lächeln abtun. Abenteurer, die aus Passion auf den Seelenfang ausgehen, sentimentale Zyniker mit dem Habitus der Hasardspieler. Und mitten unter diesen Männern und Weibern die rührende Gestalt Zdenkas, des Tschechenmädchens, die neben dem kupplerischen Schatten böser Dinge mit reinem Herzen in hilfloser Demut steht. „Severins Gang in die Finsternis" ist auch der Roman ihrer Liebe. Diese Liebe, mit Süßigkeit und Tränen beschwert, geht über alle irdischen Grenzen hinaus und gibt dem Buche Leppins einen wunderbaren, ekstatisch vergoldeten Hintergrund.

Delphin-Verlag / München

Sammlung abenteuerlicher Geschichten Bd. 2:

A. M. Frey

Dunkle Gänge

Zwölf Geschichten aus Nacht und Schatten

Mit Umschlagzeichnung von L. Durm
Geheftet 2 M. 50 Pf. In Halbleinenband 3 M. 50 Pf.

Paul Zech im „Berliner Tageblatt": „Zu den wenigen
jüngeren Schriftstellern, die das Erbe Edgar Poes mit dem richtigen
Instinkt aufnahmen und damit wucherten, gehört A. M. Frey. Er stellt
sich mit seinem Erstling gleich in die vorderste Reihe der Erzähler
dieser exponierten Gattung von Belletristik. Er holt seine Stoffe nicht
aus unkontrollierbaren Bezirken. Der Alltag, der in seiner bunten
Vielgestaltigkeit auch diese Abseitigkeit trägt, ist für Frey eine
unerschöpfliche Fundgrube. Man wird in unerklärliche Situationen
befördert, ohne die Fahrt zu spüren. Man ist plötzlich in einem
unentrinnbaren Labyrinth und wie von Polypenarmen umstrickt. Fast
jede der zwölf Geschichten bohrt ein Extrem an, das die festen Enden
der Nerven berührt und aufpeitscht zu unerhörten Sensationen, das
Märchenhafte ins Grausige, Exzentrische, phantastisch Verstiegene und
übermenschlich Visionäre umwandelt. Man wird das Buch nicht mit
einem einmaligen Lesen abgetan haben. Es kribbelt in den Nerven
weiter und setzt Blutkreise in Bewegung, die in der Schalheit vieler
Stofflichkeiten, die den Augenblick bewegen, nur selten zirkulieren."

Eugen Reinbold in d. „Württemberger Zeitung":
„Neben der großenteils originellen Erfindung bewundern wir die
sichere Gestaltung, die geradezu fesselnde Sprachkunst, die die Dinge
mit persönlichem Leben zu erfüllen weiß und sie philosophierend in
Zusammenhang mit allgemein Menschlichem zu bringen sucht. So
möge, wer eine wirklich interessante und doch nicht rein oberflächlich
unterhaltende Lektüre liebt, nach diesem Werkchen greifen."

L. E. Kemmer in der „Badischen Landeszeitung":
„Mit einer knappen Anschaulichkeit, die oft den Eindruck einer

wohlgetroffenen Farbenskizze macht, verbindet er eine Geschlossenheit der Form, wie wir sie nur bei den bedeutendsten Novellisten finden, und die jede einzelne der zwölf Erzählungen zu einem kunstvoll geschliffenen Edelstein gestaltet hat."

Delphin-Verlag / München

Hermann Eßwein

Megander

Der Mann mit den zween Köpfen und andere Geschichten

Mit Umschlagzeichnung von A. Kubin
Geheftet 3 Mark, in Halblederband 4 Mark 50 Pf.

J. Robert im „Berliner Lokal-Anzeiger": „Das Geschichtenbuch von Hermann Eßwein: ‚Megander' enthält Tragikomödien, erzählt in einer Sprache, die zuweilen an Gottfried Keller, öfter an Jean Paul erinnert. In der Mehrzahl der acht Erzählungen klingt ein Motiv immer wieder an. Das Motiv vom Rausch, vom göttlichen Rausch, der uns Vergessen bringt, aber auch fortreißt zur schöpferischen Tat. Und diese Begeisterung, dieser Taumel, diese starken phantastischen Kräfte zersplittern an der braven Gemeinheit des Alltags. Und ein zweites Motiv klingt an: von wirren Träumen und vom Wahnsinn."

Otto Pick im „Pester Lloyd": „Eßwein gelingt es, den Leser durch rein menschliches Interesse über Gespenstiges und Unerklärliches hinwegzuleiten. Dies scheint die Novellen zu den beliebten, kühl erklügelten Geschichten vom Grauen in wohltuenden Gegensatz zu stellen: daß sie nie von außen geformt, sondern von innen heraus mit künstlerischer Notwendigkeit erstanden sind."

Dr. M. Schumann i. d. „Augsburger Neueste Nachrichten": „Die Sprache Eßweins ist meisterlich, und sein Standpunkt über den Dingen kennzeichnet sich in der Art, wie er das Spießbürgerliche, Nüchterne mit seinem Spott abtut. In dieser Sprache offenbart sich die ganze hervorragende stilistische Begabung des Autors. Leicht beweglich, ungezwungen und doch so wohlgeschliffen in jedem Ausdruck, gewinnt das Erzählte bei jedem Wort an Selbstverständlichkeit. In dieser Sprache allein ist schon die ganze

Stimmung, die den Geschichten selbst zugrunde liegt, und all das gibt dem Buch Eßweins einen hervorragenden Wert in der Literatur der sonderbaren Geschichten; es ist eine der wenigen Erscheinungen auf diesem Gebiete, die eine selbständige Bedeutung haben."

Delphin-Verlag / München

Päbstin Johanna / Roman

von Ludwig Gorm

In Pappband 3 Mark. In Halblederband 4.50 Mark

Univ.-Prof. Dr. Fr. Muncker in den Münchener Neuesten Nachrichten: „In dem Rahmen der kulturgeschichtlichen Novelle, deren künstlerische Geschlossenheit und straffer Aufbau imponieren, behandelt der Dichter das Problem von dem tragischen Schicksal der Frau, die zugrunde geht, weil sie über die Grenzen ihrer Weiblichkeit hinaus wollte. Kein Leser wird diese historische Novelle ohne tiefe Ergriffenheit lesen".

Jung Schuk

„Ein moderner Werther-Roman" von Reinhard Goering

Geheftet 3 Mark. In Leinenband 4.50 Mark

E. Dauthendey in der „Bayrischen Zeitung": „In unserer Zeit der Fläche und Oberfläche ein Buch in die Hand bekommen, das ganz und nur Tiefe ist, berührt wie ein Ereignis. — Jung Schuk ist die Geschichte eines Werdenden. Der tief ergreifende Werdegang eines Mannes, der ganz nur auf das Innerliche gestellt, zwischen den Abgründen der Idealität des Wollens und der Realität des Müssens seinen bittren schmerzvollen Weg wandelt, auf dem wir ihn mit tiefstem Interesse, das aus Weh und Freude seltsam gemischt, bis zum Ende begleiten."

Johann Peter Hebel

Das Schatzkästlein

des Rheinländischen Hausfreundes

Herausgegeben von Prof. Karl Voll, München
Vollständige Ausgabe mit 30 Abbildungen
In Pappband 10 Mark. In Halblederband 14 Mark

Vilmar in seiner deutschen Literaturgeschichte:
„Die Erzählungen des Schatzkästleins sind an Laune, an tiefem und
wahrem Gefühl, an Lebhaftigkeit der Darstellung vollkommen
unübertroffen. Sie sind die Freude der Jugend und die Unterhaltung des
Alters und wie alle echten Natur- und Volksdichtungen eigentlich
niemals durchzulesen und auszuschöpfen." — Hermann Hesse
im „März": „Eine famose Überraschung sind die Holzschnitte; sie
atmen den Duft der Kaiserzeit und geben dem Buch wirklich einen
neuen Reiz und Klang, wie ein glücklich gefundener Rahmen ein altes
wohlbekanntes Bild noch heben und steigern kann."

Delphin-Verlag / München

Buchdruckerei Hesse & Becker, Leipzig

www.ingramcontent.com/pod-product-compliance
Lightning Source LLC
Chambersburg PA
CBHW020040030726
47499CB00007B/2511